LA MAÎTRESSE A DES ENNUIS

PAMELA BUTCHART

LA MAÎTRESSE A DES ENNUIS

PAMELA BUTCHART

Illustrations : Thomas Flintham

Traduction de l'anglais (Royaume-Uni)

par Nazim Lebdai

poulpe FICTIONS

Titre original :
Baby aliens got my teacher!
Édition originale publiée au Royaume-Uni en 2014, par Nosy Crow

Corrections : Caroline Guineton
À Lola, poulpe avant le poulpe, dont les chatouilles nous manquent.

Poulpe Fictions, un département d'Édi8,
12, avenue d'Italie, 75013 Paris
www.poulpe-fictions.fr
Loi n° 49-956 du 16 juillet 1949 sur les publications destinées à la jeunesse, modifiée par la loi n° 2011-525 du 17 mai 2011.
ISBN 978-2-3774-2003-2 - Dépôt légal : mai 2017.

POUR
MA MAMAN,
MERCI POUR TOUT !

SOMMAIRE

CHAPITRE 1

CE N'EST PAS UNE BLAGUE !

Je ne sais pas vous, mais des fois, j'essaie d'expliquer quelque chose de TRÈS TRÈS important à ma maman ou à mon papa, et eux, ils répondent « Oui, oui, c'est très bien », ou « Va plutôt voir Papa », ou « Ne sois pas bête », ou encore « Tu ne vois pas que je suis aux toilettes ?! ».

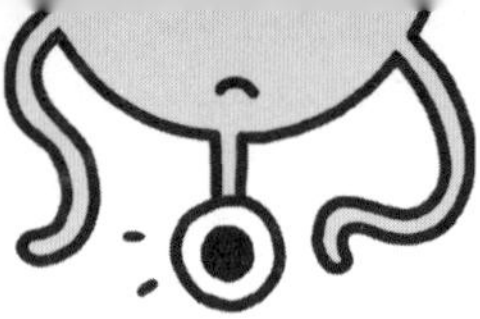

C'est comme la fois où j'ai trouvé une chips qui ressemblait EXACTEMENT à Mme Millet qui habite au-dessus, et quand je l'ai fait voir à Maman, elle m'a juste dit : « Non merci, tu peux la manger ». Évidemment que NON, je ne l'ai pas mangée. Je l'ai mise dans une enveloppe, et l'enveloppe, je l'ai glissée dans la boîte aux lettres de Mme Millet en faisant bien attention. Parce que c'est ça que je voudrais qu'on fasse si quelqu'un trouve un jour une chips qui me ressemble exactement (un sosie chips, si vous préférez).

Enfin bref, un jour, moi et Benji, qui habite en dessous, on est rentrés de l'école en courant, et on est allés voir Maman pour lui annoncer une nouvelle d'une importance CAPITALE à propos d'un INCIDENT qui avait eu lieu à l'école. Mais elle n'a pas voulu écouter. Elle voyait bien pourtant qu'on était en sueur, tout rouges, et essoufflés. Même que Benji était tombé, et il s'était écorché le genou ! Mais ça n'a pas empêché Maman de me regarder comme si j'avais tout inventé, et de me dire : « Ne sois pas bête, Isa », comme elle le fait à chaque fois ! Elle est toujours persuadée que j'invente. Elle dit que j'ai une IMAGINATION DÉBORDANTE. Mais, moi, je dis que ce n'est tout de même pas ma faute s'il m'arrive tout le temps des choses bizarres !

Du coup, j'ai demandé à Benji de raconter à ma place, parce que, lui, elle ne lui crie JAMAIS dessus, et JAMAIS elle ne l'accuse d'inventer. D'ailleurs, un jour, j'ai demandé à Maman pourquoi c'était sur moi qu'elle criait, et pas sur Benji, alors qu'on était deux à avoir colorié la tête de Papa pendant sa sieste. Et elle m'a répondu : « Je ne suis pas la maman de Benji, mais je suis la TIENNE. J'ai donc le DROIT de te crier dessus et de te passer un savon ! ».

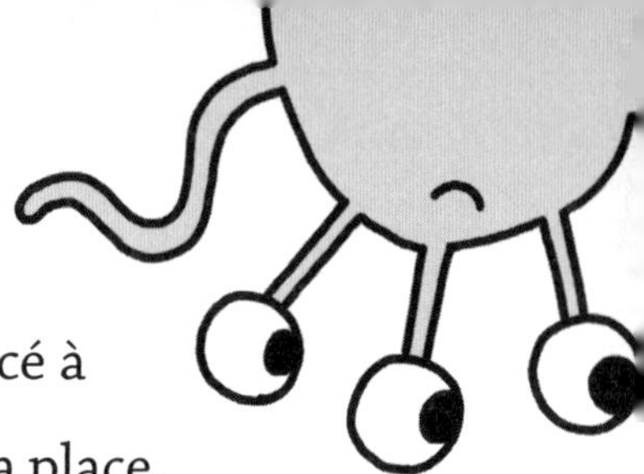

Du coup, Benji a commencé à raconter l'incident de l'école à ma place, et vous savez quoi ? Ma maman a téléphoné à la maman de Benji, la maman de Benji est montée, et c'est ELLE qui a crié sur lui. Comme ça, pile devant moi, Maman et Papa ! J'ai eu peur qu'elle se mette à me crier dessus aussi. Puis je me suis rappelé la Règle du Savon.

J'ai eu de la peine pour Benji. Sa maman criait VRAIMENT FORT, et elle s'énervait encore plus que la mienne. Quand ils sont partis, Maman m'a expliqué que c'était parce que la maman et le papa de Benji s'étaient séparés, et que c'était la dernière chose dont la mère de Benji avait besoin, parce que, en ce moment, elle en avait « RAS-LE-BOL ». Au début, je n'ai pas compris ce que ça voulait dire. Puis je me suis rappelé que, la semaine dernière, à la cantine, Mme Gaubert (une

surveillante qui dit tout le temps « s'il y a des restes, tu restes aussi ») avait refusé de me laisser sortir de table si je ne finissais pas mon bol jusqu'à la dernière goutte. Moi, j'en étais malade, parce que l'horrible dame de la cantine m'avait servi cinq grosses louches de soupe aux brocolis avec sa cuillère à glace. Dans notre école, ils utilisent une cuillère à glace pour servir les plats. Benji dit qu'ils

ne prennent même pas la peine de la laver pour les fois où on mange de la glace, et il le sait, parce que sa maman était notre ancienne dame de cantine. Enfin bref, il faut savoir que je déteste la soupe aux brocolis, du coup je ne voulais pas y toucher et, du coup, j'étais très en colère, parce qu'on ne me laissait pas sortir de table et, franchement, cette soupe, il y en avait ras-le-bol !

Bref, Maman m'a dit ensuite de monter dans ma chambre et de faire mes devoirs. Moi, je lui ai répondu que non, que je n'irais pas tant qu'elle n'aurait pas écouté ce qu'il s'était passé à l'école. Mais sa paupière gauche s'est mise à trembler, et ça fait toujours ça quand sa patience est à bout, et qu'elle s'apprête à crier des choses comme : « Ça suffit ! Tu l'as cherché ! Dis adieu aux vacances ! » Alors j'ai laissé tomber et je me suis excusée, parce que j'ai vraiment, vraiment envie d'aller à Disneyland pendant les prochaines vacances, vu qu'on n'est allés nulle part cet été à cause du travail de Papa.

Du coup, je suis montée, mais pas dans ma chambre. Je suis allée en cachette dans la chambre de Papa et Maman au bout du couloir, et j'ai téléphoné à Benji sur son nouveau portable.

Papa dit que c'est RIDICULE que Benji ait un portable à son âge, surtout quand c'est un meilleur modèle que le sien. Maman dit que si le papa de Benji lui fait des cadeaux aussi chers, c'est parce qu'il n'est plus aussi présent qu'avant. Je sais que le papa de Benji lui manque, mais on n'en parle jamais parce que Benji n'aime pas trop.

Enfin bref, j'ai téléphoné à Benji depuis la chambre de Maman. Et quelqu'un a répondu. Mais ce n'était pas Benji ! C'était quelqu'un d'autre ! À ce moment-là, je me suis souvenue qu'on avait laissé nos cartables à l'école, vu qu'on s'était enfuis après L'INCIDENT. L'INCIDENT dont Maman n'avait rien voulu savoir. Du coup, j'ai raccroché le téléphone

brusquement, et J'AI APPELÉ LE 17, parce que le policier qui était venu à l'école nous avait dit que c'est ce qu'il fallait faire en cas d'urgence.

Et là, c'était une URGENCE !

CHAPITRE 2
LES VÊTEMENTS DES « PETITS ACCIDENTS »

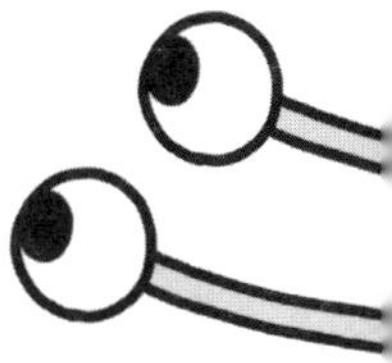

Même si L'INCIDENT a eu lieu vendredi, le mieux, c'est que je raconte à partir de lundi, parce qu'il s'est passé plein d'autres choses avant l'incident lui-même.

Perrine (notre amie, et troisième témoin des événements) dit qu'il faut appeler ça un incident, et pas un accident, parce qu'un accident, c'est quand quelque chose arrive par ACCIDENT, et qu'un INCIDENT, c'est quelque chose qui n'arrive pas par ACCIDENT. Et ce qu'il s'est passé à l'école vendredi, ce n'était clairement PAS un accident.

Lundi, donc, moi et Benji, on se rendait à l'école à pied, comme on fait toujours, vu que l'école est juste à côté de chez nous. Perrine, elle, c'est sa maman qui l'emmène, et elle la dépose en voiture directement dans la cour de récré, ce qui fait que, TOUS LES MATINS, Monsieur Letertre (le directeur) hurle « LES VOITURES NE SONT PAS AUTORISÉES ! » depuis sa fenêtre.

Je crois vraiment que la mère de Perrine n'entend pas quand M. Letertre crie, parce qu'elle met la musique très fort, ce qui fait que j'entends ce

qu'elle chante même quand les vitres sont fermées.

Perrine nous a dit que sa mère s'entraînait pour la Nouvelle Star parce qu'elle n'en pouvait plus de la boulangerie et qu'elle en avait « PLEIN LE DOS » de sentir le friand à la viande. Perrine nous a dit aussi que sa mère ne chantait pas très bien et, qu'une fois, la dame du dessus était descendue, et avait crié sur sa mère en disant qu'elle était « INFERNALE » et que, quand elle chantait, ça faisait le bruit d'un chat qu'on étrangle.

Quand on a su ça, on a décidé d'espionner la dame du dessus. C'est vrai, comme l'a dit Perrine : « Comment ELLE fait pour savoir le bruit que ça fait, quand on étrangle un chat ? » Moi, j'ai deux chats, et Benji en a un, alors on s'est mis à surveiller les allées et venues de la voisine pendant quelque temps, pour être sûrs que ce n'était pas une Étrangleuse de

Chats. Mais elle n'allait et ne venait jamais vraiment nulle part et, un jour, elle nous a surpris en train de regarder par la fente de sa boîte aux lettres, et elle a appelé la police, et on a eu beau leur expliquer que c'était une dangereuse Étrangleuse de Chats, on a quand même eu des problèmes. Mais ce n'est pas grave, parce qu'au moins, maintenant, elle sait que nous « L'AVONS À L'ŒIL », et Benji dit que, du coup, elle « N'OSERA PAS RÉCIDIVER ». Grâce à nous, nos chats ne craignent plus rien.

M. Letertre aussi, une fois, je l'ai entendu dire aux dames du secrétariat que la maman de Perrine

était « INFERNALE ». J'avais trouvé ça franchement pas gentil de la part du directeur, du coup, j'avais répété à Perrine, qui avait répété à sa maman, et maintenant, chaque fois que M. Letertre va à la boulangerie, la maman de Perrine s'arrange pour lui donner les gâteaux qui sont tombés par terre.

Je n'ose pas le dire à Perrine mais, en fait, ça m'arrange bien que sa maman ne sache pas très bien chanter. Parce qu'elle peut continuer de travailler à la boulangerie et, du coup, quand on va chez Perrine, il y a toujours plein de brioches, de beignets et de tartes que sa maman a le droit de ramener du travail gratuitement. Je ne sais pas encore ce que je ferai plus tard, mais boulangère, ça me plairait bien.

Enfin bref, moi et Benji, on marchait pour aller à l'école, quand Mme Loterie (notre affreuse maîtresse) est passée devant nous à toute vitesse en voiture, et elle nous a éclaboussés en roulant

dans une énorme flaque d'eau. J'ai poussé un cri, mais Benji a crié plus fort que moi, parce qu'il était le plus près de la route, et qu'il s'est retrouvé COMPLÈTEMENT TREMPÉ. Il a crié même plus fort que la fois où j'avais caché des petits pois dans ses gants. Il en a une peur bleue. Sa maman dit que c'est une PHOBIE, ce qui veut dire, je crois, qu'il a peur de se transformer en petit pois, mais je ne suis pas sûre.

Bref, moi aussi j'étais mouillée, et mon cartable était plein de boue. Benji, c'était pire, il en avait plein les dents, parce qu'il avait la bouche ouverte quand Mme Loterie nous a éclaboussés. Alors on est allés voir

l'infirmière, parce qu'on était vraiment trempés, et elle nous a fait mettre les vêtements de rechange des « petits accidents » avant de nous envoyer en classe.

Au moins, on était DEUX à porter des vêtements de rechange. Sans ça, tout le monde aurait cru qu'on avait VRAIMENT eu un « petit accident », comme Lyne Péaud l'an dernier quand elle avait éclaté de rire en écoutant une blague de Perrine.

Lorsqu'on est entrés dans la classe, Mme Loterie ne nous a rien dit pour notre retard, et j'ai trouvé ça très BIZARRE. D'habitude, elle nous demande toujours un billet de retard, et si on n'en a pas, elle nous dit d'aller en chercher un tout de suite au secrétariat.

Je ne comprends même pas pourquoi elle fait ça. Aller au secrétariat prend deux minutes trente. Attendre que les dames là-bas arrêtent de nous ignorer et daignent ouvrir la vitre, trois minutes. Retourner en classe, deux minutes trente encore. Au total, huit minutes. Avec un simple retard de deux minutes, à la fin, ça en fait dix !

Moi et Benji, on est donc allés nous asseoir à nos tables, et on a expliqué à Perrine pourquoi on portait les vêtements des « petits accidents ». Puis Perrine nous a expliqué qu'aujourd'hui la maîtresse était très gentille, et qu'on n'était pas obligés de faire nos exercices de maths ce matin.

J'étais vraiment contente de ne pas être obligée de les faire, parce que, même si je suis plutôt forte en maths, je déteste ça, parce que les exercices sont ennuyeux, et parce qu'on a un livre pour deux et, moi, je suis avec Pierre Durie. Celui-là, il est tout le temps en train de se curer le nez, et

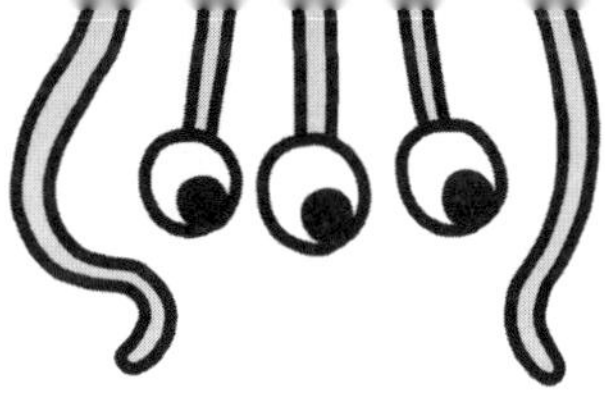

après il colle ça sur les pages, soi-disant si je veux un « CASSE-CROÛTE » en classe.

N'empêche, c'était bizarre que Mme Loterie ne veuille pas faire de maths ce jour-là, parce que tout le monde sait que Mme Loterie ADORE les maths. Elle adore tellement ça que, la fois où tout le monde avait eu faux au contrôle de maths, elle s'était fâchée pour de bon, même qu'elle avait crié sur Perrine, et que Perrine s'était fâchée aussi et avait crié : « Si vous aimez tant que ça les maths, pourquoi est-ce que vous ne vous mariez pas avec ? » Après ça, elle avait été privée de récré, et elle avait eu le double de devoirs de maths à faire à la maison.

Enfin bref, du coup, on a décoré nos livres d'exercices, et c'était bien plus amusant à faire que des maths. Mais je trouvais ça un peu louche que Mme Loterie soit si GENTILLE avec nous, parce que ça n'arrive JAMAIS. Benji pensait qu'elle s'en voulait peut-être de nous avoir éclaboussés. Mais je lui ai répondu qu'elle n'avait même pas remarqué ce qu'il s'était passé, parce qu'elle était trop occupée à conduire comme une FOLLE.

Avant, je croyais que Mme Lailler, notre ancienne institutrice, nous détestait. C'est pour ça qu'un jour, j'avais écrit au tableau « MME LAILLER EST MÉCHANTE » pendant qu'elle ne regardait pas. Mais elle, quand elle avait vu ça, elle s'était mise à pleurer, et moi, je m'en étais terriblement voulu. J'ai compris ce jour-là qu'elle ne nous détestait probablement pas, parce que, quand on déteste quelqu'un, à mon avis on s'en fiche s'il nous traite de méchant.

Mme Loterie, par contre, j'étais sûre qu'elle nous détestait, parce qu'elle était tout le temps en train de râler après nous (même quand on ne faisait rien de mal). Et elle ne nous donnait **JAMAIS** de pauses ou de bonbons, alors que, dans les autres classes, ils en avaient.

Je me souviens, une fois, Lyne Péaud se balançait sur sa chaise, et elle était tombée en arrière en se faisant très mal au bras. **JE VOUS JURE** que, à ce moment-là, j'ai vu la maîtresse avoir un petit sourire en coin.

Mais la fois où j'ai découvert que la maîtresse nous détestait vraiment, c'était quand Perrine avait piqué une de ses **CRISES À LA PERRINE** (aussi connues sous le nom de CP) pendant le spectacle

de Noël, à cause de Pierre Durie qui était censé jouer un agneau, mais qui n'arrêtait pas de faire « MEUH ! MEUH ! » dès que c'était au tour de Perrine de parler. Mme Loterie, elle, ne disait RIEN du tout et laissait faire.

Perrine a fini par se mettre à donner des coups de pied partout et à se tirer les cheveux à pleines mains (bref, comme à chaque fois qu'elle nous fait une CP). Puis elle a crié : « VOUS ME DÉTESTEZ, MME LOTERIE ! AVOUEZ ! » Et la maîtresse, elle ne l'a même pas contredite ! Après ça, Perrine a donné un coup de pied dans le berceau, et le petit Jésus est tombé, et le public a poussé plein de « oh ! » indignés, et quelqu'un a crié : « C'EST UNE HONTE ! », et Perrine s'est mise à pleurer.

Je ne sais pas pourquoi tout le monde s'est énervé autant, alors que ce n'est même pas un VRAI bébé qui est tombé de la crèche. Notre bébé Jésus à nous est en plastique.

À l'heure du déjeuner, Mme Loterie nous a fait sortir cinq minutes en avance, parce qu'elle devait déjeuner **DEHORS**, elle nous a dit. Ça aussi, c'était bizarre, parce que d'habitude, Mme Loterie n'allait **JAMAIS** déjeuner **DEHORS**. Elle préférait rester à son bureau, et manger une soupe instantanée. Celles qu'elle achetait ne sentaient jamais bon, et quand on entrait en classe, on essayait de deviner quelle soupe elle avait mangé rien qu'à l'odeur.

La semaine dernière, j'avais parié avec Benji que c'était une **MI-NES-TRONE**, et quand il a regardé l'emballage dans la corbeille, il n'en revenait pas que j'aie trouvé. Mais c'est parce que, le matin, j'avais vu la soupe dans le tiroir de la maîtresse en allant chercher la Grosse Agrafeuse. Mais ça, je ne le lui ai pas dit.

Enfin bref, lundi, tout le monde s'est dit que la maîtresse était vraiment super, parce qu'on n'avait pas eu à faire nos exercices de maths, et qu'on avait eu une heure et cinq minutes pour déjeuner. Et après déjeuner, quand Mme Loterie est revenue, ça faisait déjà deux minutes que la cloche avait sonné pour rentrer en classe.

Pour une fois, j'aurais voulu lui demander à ELLE son billet de retard, mais Benji a dit : « Surtout pas ! Il faut qu'on s'arrange pour qu'elle reste de bonne humeur, comme ça elle continuera à dire qu'on n'est pas obligés de travailler pendant le cours ! » Et devinez quoi ? C'est EXACTEMENT ce qu'il s'est passé !

CHAPITRE 3

UN NOUNOURS ET DES PROBLÈMES

Mardi, Mme Loterie est venue maquillée. Je ne l'avais jamais vue maquillée avant. Benji a dit qu'elle faisait jeune comme ça, mais, moi, je trouvais qu'elle avait encore l'air d'avoir trente ans au moins.

Je m'apprêtais à m'asseoir à ma table quand j'ai aperçu la chose la plus bizarre que j'aie jamais vue. Il y a avait un nounours sur le bureau de la maîtresse !

Vous pensez peut-être que ça n'a rien d'étrange du tout, mais Mme Loterie n'est vraiment pas du genre à aimer les nounours. Elle est même plutôt du genre à détester les chiots et à trouver les chatons hideux.

Le nounours était rose, il y avait écrit « Tu es extra ! » sur son ventre, et il tenait une rose dans sa patte. Tout le monde avait LES YEUX FIXÉS sur lui, mais personne ne savait quoi faire, alors on s'est simplement assis. Et puis la maîtresse a dit : « Aujourd'hui, on fait des cartes pour la Saint-Valentin ! », et elle a distribué à chacun de nous des bouts de carton roses avec plein de cœurs dessus, et a mis *Les plus belles chansons d'amour de tous les temps* dans le lecteur CD. J'ai trouvé ça bizarre pour trois raisons :

Raison 1 - Mme Loterie souriait (beaucoup)
Raison 2 - Mme Loterie chantait
Raison 3 - On était en octobre

Tout le monde se regardait sans rien dire. Je pense qu'on était tous en état de choc. Comme la fois où Maman et moi, on attendait le bus à côté de la bibliothèque, et où je me suis adossée à la vitre de l'Abribus. Mais je ne savais pas qu'il n'y avait plus de vitre, à cause d'actes de VANDALISME, et je suis tombée en arrière.

J'aurais pu rouler sur la route et me faire écraser par un bus, mais un monsieur a lâché son paquet de cacahuètes et m'a rattrapée juste à temps. Après ça, Maman n'a pas arrêté de dire « MERCI ! MERCI ! » et voulait donner de l'argent au monsieur pour qu'il se rachète des cacahuètes, mais lui disait que ce n'était pas la peine. Et quand on est montées dans le bus, je n'ai pas prononcé un mot du trajet. Je n'avais pas lâché ma pomme, et je la serrais si fort que mes ongles s'étaient enfoncés dedans. Plus tard, Maman m'a dit que j'avais été en état de choc.

Enfin bref, Benji, qui aime bien faire des cartes, a dit qu'il allait en faire une pour sa mère, pour lui remonter le moral. Moi j'ai juste dit : « OK », et je ne me suis pas moquée de lui contrairement à d'habitude.

Du coup, moi et Perrine, on s'est assises l'une à côté de l'autre, et on a essayé de découvrir pourquoi la maîtresse avait un comportement aussi bizarre. Perrine s'est rappelée qu'une fois, sa tante s'était mise à faire des choses étranges, comme dire « Bonjour, Geoffroy ! » à une orange, ou encore verser du lait dans son violon. Le docteur avait expliqué que c'était à cause du STRESS, et il avait envoyé la tante de Perrine au lit, parce qu'elle avait besoin de repos.

Puis je me suis souvenue qu'au mariage de ma cousine Claire, Maman aussi s'était comportée bizarrement. Elle n'avait pas arrêté de dire à tout le monde qu'elle les aimait, et elle avait jeté ses chaussures par la fenêtre.

Papa a dit que Maman était « UN PEU POMPETTE » ce soir-là.

Alors moi et Perrine, on a fait semblant de faire des cartes pour la Saint-Valentin, mais, en fait, on faisait une liste de tous les problèmes que la maîtresse avait peut-être.

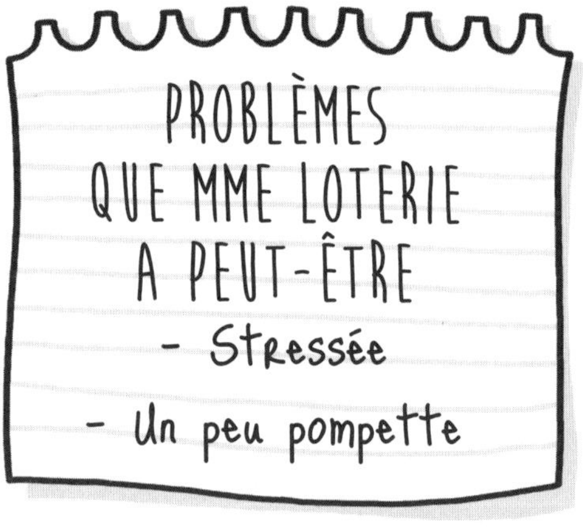

Comme on ne trouvait rien d'autre, on a montré la liste à Benji, mais lui, il a dit que notre liste était stupide. Il a dit que, lui, il aimait la maîtresse, parce qu'elle était gentille, et qu'on devait arrêter tout de suite de faire des listes.

Alors nous, ça ne nous a pas plu, et on a décidé de ne plus lui parler jusqu'à la sonnerie. Puis, pendant qu'on mettait nos manteaux, Perrine a dit que sa maman me déposerait à la maison si Benji ne s'excusait pas, et qu'il pourrait bien rentrer tout seul. Alors Benji lui a demandé pardon, Perrine a répondu : « J'accepte tes excuses ! », et nous sommes rentrés chez nous.

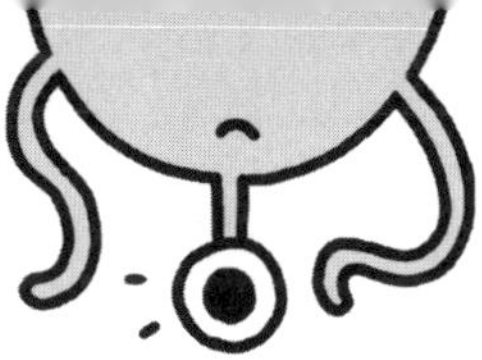

CHAPITRE 4

LA MAÎTRESSE DEVIENT FOLLE !

Mercredi, Mme Loterie s'est tenue à côté de la porte pendant qu'on entrait en classe, et nous a caressé la tête quand on passait à son niveau. Puis, pendant l'appel, elle s'est mise à nous appeler par de drôles de noms, comme « chaton », « marmotte », ou « lapin ». J'ai pensé qu'on allait peut-être commencer un projet sur les animaux, ou quelque chose dans le genre. Mais pas du tout. Au lieu de ça, Mme Loterie nous a donné des bonbons, et nous a proposé de voir un film !

J'étais folle de joie parce que, d'habitude, JAMAIS elle ne nous donnait de bonbons ou ne nous laissait voir de films. Même quand c'était le dernier jour de classe. Du coup, on s'est tous installés par terre avec des coussins. Et là, Mme Loterie s'est assise avec nous ! Par terre ! Je n'avais jamais vu une maîtresse faire ça.

Au début, le film n'était pas mal. Ça parlait d'une énorme météorite qui fonçait sur la Terre, et tout le monde paniquait parce que la Terre risquait d'exploser. Mais après, c'est devenu un peu niais, et la maîtresse pleurait tellement que Benji a hésité à aller chercher l'infirmière pour l'aider à se calmer. À la fin, la maîtresse est restée assise, et elle serrait son nounours très fort, et répétait : « C'EST MON FILM PRÉFÉRÉ DE TOUS LES TEMPS ! »

C'est à ce moment-là que j'ai compris que Mme Loterie avait complètement PERDU LA TÊTE. Parce que si c'était son film préféré, pourquoi elle avait pleuré autant en le regardant ?

L'après-midi, la maîtresse a dit qu'il était grand temps de faire de la MÉDITATION. Alors on s'est tous assis jambes croisées, et on a fait « HMMM, HMMM, HMMM, HMMM » pendant des siècles.

Je n'étais pas sûre de comprendre pourquoi on faisait de la MÉDITATION, mais Mme Loterie nous a dit que ça aidait à se RELAXER. Et c'était sans doute vrai, parce que Lyne Péaud était tellement relaxée qu'elle s'est endormie sur ma jambe. Ou alors elle s'était évanouie. Avec Lyne Péaud, on ne sait jamais.

Je me souviens de la fois où j'avais voulu montrer à Lyne MON ONGLE INCARNÉ, juste avant l'opération pour me le faire enlever. Elle s'était évanouie avant même que je retire ma chaussette.

On était censés garder les yeux fermés pendant la méditation mais, moi, j'ai ouvert les miens discrètement pour voir si quelqu'un d'autre faisait pareil. Benji aussi avait les yeux ouverts et, quand il a vu que moi aussi, il a chuchoté : « T'as vu la maîtresse ? Regarde ! » Alors c'est ce que j'ai fait, et j'ai vu que la maîtresse avait les yeux fermés, et balançait doucement son nounours d'avant en arrière, tout en chantonnant « AAAAAAA-UUUUU-EEEEEE-OOOOOOOOO ».

Quand on a eu fini de méditer, Benji a dit que, finalement, lui aussi trouvait que la maîtresse avait un comportement BIZARRE, et il nous a demandé de lui remontrer la liste. Il a dit que, à son avis, la maîtresse n'était ni stressée, ni un peu pompette, mais qu'elle était certainement TOQUÉE. Alors on a rajouté ça à la liste.

Puis Benji s'est souvenu que, un jour, il avait vu un film avec sa mère et, dans ce film, il y avait un ALIEN qui s'était niché dans l'oreille d'une dame et avait pris le contrôle de son corps. Benji a expliqué que, après ça, la dame alien avait fait semblant d'être gentille avec tout le monde et, quand ils devenaient amis, elle en profitait pour leur mettre des bébés aliens dans l'oreille, et du coup EUX AUSSI devenaient des aliens ! Personne ne se méfiait, vu qu'elle se montrait gentille mais, en fait, elle préparait une INVASION EXTRATERRESTRE ! Alors on a ajouté BÉBÉ ALIEN DANS L'OREILLE à la liste.

Mais, à ce moment-là, Lyne Péaud s'est réveillée, et elle a entendu ce qu'on disait. Il faut savoir que Lyne Péaud a très très peur de ce genre d'histoires, et elle s'est mise à pleurer sans qu'on puisse l'arrêter.

Mme Loterie s'en est aperçue et s'est précipitée vers nous. J'ai cru qu'elle allait se mettre à crier et exiger des explications, mais non ! Au lieu de ça, elle a fait un gros câlin à Lyne, et a dit : « Je suis là, mon agneau, tout va bien. Et si tu racontais ton chagrin ? » Lyne, quand elle l'a entendue, elle a eu encore plus peur, et elle s'est mise aussitôt à hurler.

Finalement, la maman de Lyne Péaud a dû venir la chercher, parce que l'infirmière a dit que Lyne était « HYSTÉRIQUE ».

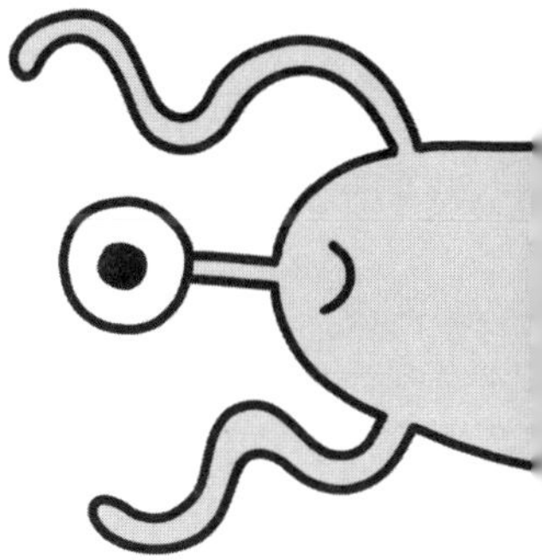

CHAPITRE 5
LE NOUNOURS EXPLOSIF

Rien n'aurait pu nous préparer à ce qu'il s'est passé jeudi. Mme Loterie était absente. Et Mme Loterie n'est JAMAIS absente.

J'étais en retard pour l'école ce jour-là, parce que, UNE FOIS DE PLUS, je m'étais retrouvée enfermée dans la salle de bains. Et, UNE FOIS DE PLUS, Papa avait dû démonter la porte pour me faire

sortir. Puis Papa m'a emmenée à l'école et m'a dit de ne pas raconter à maman ce qu'il s'était passé, parce qu'elle se fâcherait si elle savait qu'il n'avait toujours pas réparé la porte de la salle de bains.

Quand je suis arrivée à l'école, je suis allée directement en classe, sans même prendre la peine d'aller chercher un billet de retard au secrétariat, vu que Mme Loterie avait l'air de ne plus en demander. Mais quand je suis arrivée en classe, c'était Mme Rivière (la directrice adjointe de l'école) qui était assise au bureau de la maîtresse ! Elle m'a dit d'aller chercher un billet « SUR-LE-CHAMP ». Alors j'ai dévalé les escaliers aussi vite que possible en direction du secrétariat, parce que, avec la directrice adjointe, ÇA NE RIGOLE PAS.

Il paraît que, une fois, elle avait réussi à faire pleurer tous les élèves de l'école pendant une réunion, juste en faisant les gros yeux.

À l'accueil, pendant que je me faisais ignorer, j'ai vu que les dames du secrétariat parlaient du nounours de Mme Loterie. Elles disaient que les oreilles du directeur devaient être en train de SIFFLER. Puis elles ont ajouté : « Cet ours en peluche est une vraie BOMBE À RETARDEMENT, la situation ne va pas tarder à

À l'heure du déjeuner, moi, Benji et Perrine, on a vite terminé notre repas, puis on a filé au Repaire pour discuter de ce que j'avais entendu au secrétariat. Il fallait éviter de faire trop de bruit

dans le Repaire, parce qu'il se trouvait sous l'escalier que les gens prenaient pour aller aux toilettes. Un jour, le concierge nous a trouvés pendant qu'on y était, et on a eu peur parce qu'on a cru qu'on allait avoir des problèmes.

En fait, il nous a dit qu'on pouvait rester si on voulait, et il nous a donné la clé. Il a dit que ce n'était pas grave, parce qu'il prenait sa retraite la semaine d'après, et qu'il n'en avait rien à fiche de ce que le directeur pouvait penser. Et il a ajouté que, s'il avait été élève dans cette

école, LUI AUSSI aurait eu besoin d'un endroit où être tranquille de temps en temps.

On a eu un nouveau concierge depuis, et il n'est pas au courant qu'il y a un cagibi sous l'escalier. Mais, même s'il l'était, ce ne serait pas grave, parce qu'on est les seuls à avoir la clé.

Notre Repaire est vraiment génial. Il y a des tas de choses dedans, comme un évier, une bouilloire, un grille-pain. Benji prépare des tasses de thé quand on a des réunions secrètes. Mais on les tient juste, on ne les boit pas, parce qu'on n'a ni cuillères, ni sucre, et comme on n'a pas le droit de faire bouillir de l'eau, le thé est froid de toute façon. Perrine dit tout le temps qu'elle va apporter du pain de mie de chez elle pour faire des toasts, mais elle oublie à chaque fois.

Enfin bref, Benji a préparé le thé, Perrine a sorti la liste des PROBLÈMES QUE MME LOTERIE A PEUT-ÊTRE, et elle m'a demandé de lui raconter TOUT ce que j'avais entendu au secrétariat. Alors je leur ai dit que les dames du secrétariat avaient dit que les oreilles du directeur SIFFLAIENT, et que le nounours de Mme Loterie était en fait une BOMBE À RETARDEMENT, et qu'il allait bientôt EXPLOSER ! Alors Perrine a dit : « Je crois savoir ce qui ne va pas chez Mme Loterie », mais, juste après, quelqu'un a frappé à la porte du cagibi et Benji a poussé un cri !

Alors on a entendu une voix dire : « C'est moi », mais comme on ne savait pas qui était MOI, on a préféré ne pas bouger. Puis la voix a ajouté : « C'est Lyne. Faites-moi entrer, vite ! »

Je peux vous dire que je n'en revenais pas ! Personne n'était censé savoir pour le Repaire, sauf nous et l'ancien concierge ! Perrine a levé les yeux

au ciel, puis elle a regardé Benji en plissant les yeux. Lui, il s'est énervé, et il a dit : « Ça ne va pas, non ? Ce n'est pas moi ! À tous les coups, c'est Isa ! » Alors je me suis énervée aussi, et j'ai dit que ce n'était pas moi non plus. Ensuite, j'ai ouvert la porte et tiré Lyne à l'intérieur, pour éviter que quelqu'un la voie.

Lyne nous a dit qu'elle savait depuis longtemps pour le Repaire, parce qu'une fois elle nous avait vus y entrer. Lyne est une vraie froussarde, mais elle est sympa quand même, et puis elle ne prend pas beaucoup de place, alors on lui a dit que, si elle voulait, elle pouvait se joindre à nos réunions secrètes, à condition qu'elle ne dise jamais rien à personne.

Mais Perrine a ajouté : « Je te préviens, Lyne, on va parler de QUELQUE CHOSE QUI FICHE VRAIMENT LA FROUSSE. » Et j'ai cru que Lyne allait se mettre à pleurer. Mais elle a tenu le coup. Alors Benji lui a fait du thé, mais juste quand Perrine allait nous expliquer le problème que la maîtresse avait, la cloche a sonné. Alors Perrine a dit : « La réunion secrète continuera ce soir. Rendez-vous chez moi, à six heures. Je compte sur vous ! »

CHAPITRE 6

UN BÉBÉ ALIEN DANS L'OREILLE

On n'avait jamais eu de réunion secrète chez Perrine jusque-là, vu que, généralement, on allait au Repaire pour ça. Je ne savais pas trop quoi emmener, alors j'ai pris un paquet de chips, quatre biscuits dans le placard, des stylos qui marchent, et la lampe torche de Papa.

Perrine habite juste à quelques immeubles de chez nous, alors moi et Benji, on y est allés à pied. Quand on est arrivés, Lyne Péaud attendait dehors avec sa maman. Elle portait un long manteau rembourré, des gants, un cache-oreilles, même s'il ne faisait pas si froid que ça et que Benji était venu en tee-shirt.

La maman de Lyne lui a fait un gros câlin, puis elle a dit : « Occupez-vous bien de mon petit ange ! Je ne veux pas qu'il lui arrive quoi que ce soit ! » On a dit d'accord. Et quand on est montés chez Perrine, Lyne a dû faire coucou à sa maman pour montrer que tout allait bien, et pour que sa maman puisse retourner à sa voiture. Après ça, j'ai dû aider Lyne à enlever son manteau, parce qu'elle arrivait à peine à bouger avec. Et quand je l'ai enlevé, j'ai vu qu'elle portait UN SECOND MANTEAU en dessous, et j'ai trouvé ça bizarre. Mais il se trouve que Lyne est elle-même un peu bizarre, alors je n'ai rien dit.

La maman de Perrine nous a fait faire LA VISITE, même si moi et Benji on était déjà venus des milliards de fois chez Perrine. Mais comme ce n'était pas le cas de Lyne, on a tous été obligés de faire LA VISITE à nouveau.

Lyne avait l'air un peu perturbée. À mon avis, elle n'avait jamais vu de maison comme chez Perrine. Il faut savoir que la maman de Perrine adore les émissions de RELOOKING EXTRÊME pour maison, avec ces gens qui disent : « Ma maison manque de personnalité. Vous ne pourriez pas la transformer en jungle ? », et c'est ce qui arrive ensuite. J'aime bien regarder aussi, parce que parfois, les gens qui doivent transformer la maison comprennent de travers, et quand les participants ouvrent les yeux, ils sont sous le choc et ils se mettent à crier !

La maman de Perrine dit souvent qu'elles sont plus comme des sœurs que comme une mère et sa fille. Elles ont même des lits superposés (je trouve ça génial).

J'avais demandé une fois à Maman si je pouvais avoir un lit superposé, moi aussi, mais elle avait dit non. Alors j'avais expliqué que Perrine en avait un, et qu'elle le partageait avec sa maman. Alors Maman avait répondu qu'elle voulait bien, mais à la seule condition qu'on partage la même chambre, elle et moi. Alors j'avais répondu que le lit superposé, ce n'était plus la peine, parce que je préférais garder ma chambre pour moi (et aussi parce que maman RONFLE).

Perrine et sa maman ont une autre chambre à coucher, qui a servi un moment de salon de beauté, à l'époque où la maman de Perrine mettait du vernis sur les ongles des voisines et de la cire sur leur moustache. Mais, en ce moment, c'est un studio d'enregistrement où la maman de Perrine s'entraîne à chanter.

Une fois LA VISITE terminée, on a donné les manteaux de Lyne à la maman de Perrine, et puis on est allés dans la chambre.

Perrine avait déjà fait une pancarte avant qu'on arrive, alors on l'a accrochée à la porte.

Puis on a enlevé les couvertures des lits, et on s'est installés en rond par terre. Perrine a dit : « Tout le monde est prêt ? », et on a dit que oui. Alors Perrine a dit que la réunion secrète était officiellement ouverte. Moi, j'ai dit que je m'occupais d'écrire, parce que je suis douée pour faire des listes et organiser. Puis Perrine a dit : « Je crois savoir ce qui ne va pas chez Mme Loterie. » Alors on a tous arrêté de faire du bruit, et on a écouté. Perrine a dit : « Je crois qu'en fait, la maîtresse, C'EST UNE ALIEN. Elle doit avoir un bébé alien dans l'oreille ! Exactement comme dans le film dont Benji parlait ! » J'ai pensé qu'elle avait sans doute raison, parce que ça expliquait pas mal de choses sur Mme Loterie qui était devenue gentille.

En tout cas, on n'en revenait pas. Notre maîtresse, une alien ! Alors, Benji s'est écrié : « À tous les coups, elle prépare une INVASION EXTRATERRESTRE ! C'est pour ça que le directeur a les oreilles qui sifflent ! Elle a mis des bébés aliens dedans pour qu'il se transforme lui aussi et, après, elle va vouloir faire la même chose avec nous ! » Lyne, quand elle a entendu ça, elle a dû s'allonger quelques minutes.

CHAPITRE 7
LE MILK-SHAKE QUI BRILLE DANS LE NOIR

On a d'abord attendu que Lyne se réveille, puis on est allés dans le salon, et on a utilisé l'ordinateur de la maman de Perrine pour faire des recherches sur les aliens. On a trouvé des tas d'infos et d'images, mais comme il y en avait certaines qui faisaient un peu peur, Lyne s'est remise à tanguer, et la maman de Perrine a dit que c'était l'heure d'arrêter Internet, et de manger du gâteau. Alors on a mangé du gâteau, et puis on a bu du délicieux milk-shake à la framboise comme seule la maman de Perrine sait faire.

Lyne n'avait jamais bu de milk-shake préparé par la maman de Perrine. Au début, elle n'était pas rassurée, parce que le milk-shake était TRÈS TRÈS rose (du genre à briller dans le noir). Mais quand elle l'a goûté, elle a tellement aimé qu'elle en a bu cinq verres finalement.

Vu qu'on ne pouvait plus faire de recherches sur l'ordinateur, Benji a dit que, peut-être, on pouvait interviewer des gens, comme à la télé. Perrine a trouvé l'idée GÉNIALE. Mais, moi, j'ai dit que c'était moi qui dirigeais les recherches, et que c'était moi qui décidais ce qu'on allait faire. Mais heureusement, moi aussi, j'ai trouvé l'idée de Benji GÉNIALE, du coup on s'y est mis.

On a donc interviewé la maman de Perrine, vu que c'était la seule dans les parages. On lui a demandé ce qu'elle pouvait nous dire sur les ALIENS, et elle nous a demandé de nous asseoir et de bien écouter.

J'ai dû demander à Lyne de m'aider à prendre des notes, parce que la maman de Perrine parle beaucoup.

En tout cas, voici ce qu'on a appris :

LES ALIENS
1) sont gentils
2) viennent en paix
3) veulent se faire de nouveaux amis terriens
4) peuvent lire dans nos pensées
5) ne sont pas verts comme tout le monde le croit, mais ils sont en fait très beaux (et parfois ils brillent dans le noir)

À la fin de l'interview, on a demandé à la maman de Perrine si elle avait déjà rencontré un alien un jour, et elle a répondu : « Pas encore. Mais j'aimerais bien ! »

Alors on l'a remerciée pour l'interview, et on est retournés dans la chambre. On a tous été d'accord pour dire que Mme Loterie était FORCÉMENT une alien. Elle était devenue très gentille avec nous tout à coup (petit 1). Elle ne râlait plus sur nous comme avant (petit 2). Elle était allée déjeuner DEHORS au lieu de rester toute seule dans la classe pour manger sa soupe instantanée qui ne sent pas bon (ça, c'était peut-être le petit 3).

À ce moment-là, Lyne a paniqué en imaginant Mme Loterie faire le petit 5, mais j'ai dit : « On s'en fiche du petit 5 ! Tu oublies le petit 4 ! Si la maîtresse lit dans nos pensées, alors ELLE SAURA que NOUS SAVONS qu'elle est une ALIEN ! »

On a aussitôt mis au point un plan. Le plan, c'était que, chaque fois que la maîtresse regarderait vers nous, on chanterait tous très fort dans nos têtes « LA LA LA LA LA ». Comme ça, si elle essayait de lire nos pensées, elle n'entendrait rien (sauf « LA LA LA LA LA »).

Puis Perrine a dit : « Et par rapport à ce que les dames du secrétariat ont dit, on fait quoi ? Vous savez, comme quoi le nounours de la maîtresse est une bombe et tout. » Benji, à ce moment-là, a hurlé :

« MINUTE ! »

On a toutes sursauté et Lyne a poussé un petit cri. Il a expliqué que, puisque les dames du secrétariat savaient pour Mme Loterie, elles aussi devaient être des aliens ! Lyne, quand elle a entendu ça, elle a eu si peur qu'elle a mis du vomi rose partout.

CHAPITRE 8

PLANS, DIVERSIONS ET PIEDS QUI PUENT !

Vendredi, moi et Benji, on est sortis très tôt pour aller à l'école, parce qu'il fallait trouver un plan pour savoir si les dames du secrétariat étaient des aliens ou non. Mais quand on est arrivés au Repaire, Perrine était déjà là, et elle nous a dit qu'elle n'avait pas « FERMÉ L'ŒIL DE LA NUIT ». Puis elle a dit : « Il ne nous reste que vingt minutes avant que ça sonne, alors soyez très ATTENTIFS. »

Benji a demandé si on savait où était Lyne, et Perrine a répondu que sa maman lui avait dit que Lyne devait aller chez le docteur aujourd'hui, à cause du vomi d'hier. La maman de Lyne avait dit que Lyne avait sans doute une otite, parce qu'elle s'était mise à crier « J'AI LES OREILLES QUI SIFFLENT ! », au beau milieu de la nuit.

On a donc écouté le plan de Perrine, puis elle nous a montré les schémas qu'elle avait faits dans son lit pendant que sa maman dormait, puis elle a dit : « Des questions ? », et Benji a demandé : « Et si les dames du secrétariat nous attrapent ? », et Perrine a dit : « L'échec N'EST PAS une option ! », et nous, on a fait « oui » de la tête.

Quand on est entrés en classe, on a vu que Mme Loterie était de retour. Et son nounours aussi. Je ne l'avais pas remarqué avant, mais le nounours avait une tête un peu bizarre. Son sourire était de travers, et ses yeux étaient beaucoup trop brillants.

On ne savait toujours pas ce que la maîtresse comptait faire avec son nounours, mais on savait par contre que c'était une sorte de BOMBE À RETARDEMENT.

Perrine regardait fixement le nounours, les yeux écarquillés, et sans cligner. Elle avait l'air paniquée, et pourtant Perrine n'a jamais eu peur

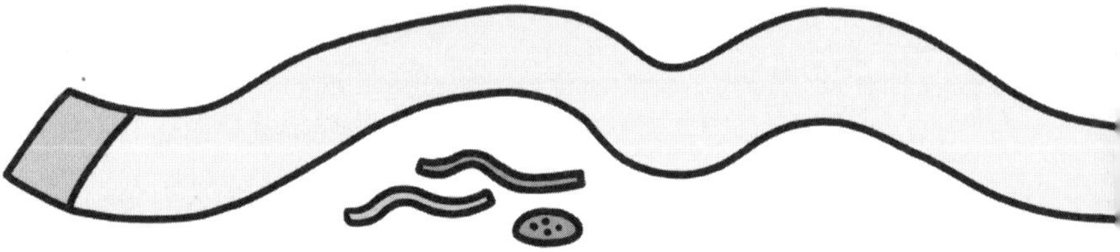

de rien ! Même la fois où on s'est faufilées dans le grenier de sa mamie, et où on a trouvé un énorme cocon en peau de serpent (ce qui voulait dire qu'il y avait aussi un énorme serpent pas loin !). Moi, je suis redescendue en vitesse, mais Perrine est restée là-haut, une serpillière à la main, à faire « HISSSS HISSSS » pour que le serpent sorte de sa cachette. Puis la mamie de Perrine est montée, a demandé : « Pouvez-vous m'expliquer ce que vous mijotez depuis tout à l'heure ? » J'ai expliqué l'histoire du cocon en peau de serpent, et elle a crié : « Perrine ! Ma chérie ! Descends tout de suite ou il va te manger toute crue ! » Puis elle a appelé le DÉRATISEUR, et le dératiseur est venu avec son camion vert et rouge. Il a regardé dans le grenier et,

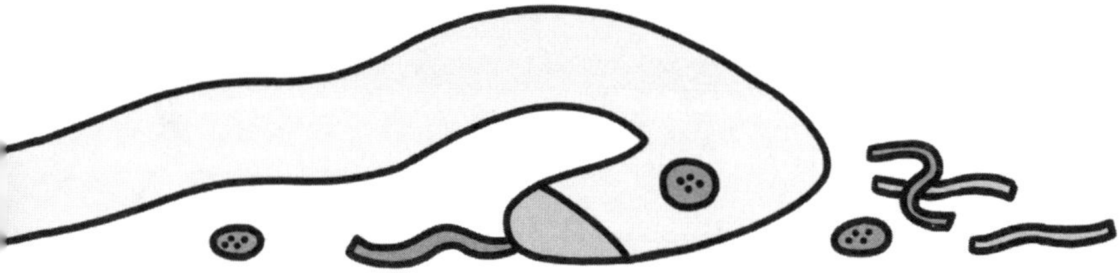

quand il est redescendu, il a dit qu'en fait ce n'était pas un cocon en peau de serpent, juste une vieille chaussette qui appartenait à la mamie de Perrine.

Enfin bref, Mme Loterie continuait à être gentille aujourd'hui, alors après la récréation, on a mis notre plan à exécution.

Benji a levé la main et a demandé s'il pouvait aller aux toilettes, et la maîtresse a dit oui et elle lui a donné un mot. Deux minutes après, Perrine s'est barbouillé la figure avec de la craie blanche qu'on avait trouvée un jour dans le Repaire, et j'ai dit : « MAÎTRESSE, je crois que Perrine va vomir ! » et Perrine a dit : « Je dois avoir la même chose que Lyne Péaud. » La maîtresse a jeté un coup d'œil à Perrine, et elle a demandé que je l'emmène à l'infir-

merie tout de suite. Alors on est sorties, et Perrine est restée pliée en deux comme si elle allait vomir, jusqu'à ce qu'on soit dans le couloir et, là, on s'est mises à courir.

On a retrouvé Benji en bas des escaliers à côté du secrétariat. Le plan, c'était de faire sortir les dames hors du secrétariat, puis de chercher dans le secrétariat LA PREUVE qu'elles étaint bien des aliens. Par exemple, les aliens mangent forcément de la nourriture alien, et donc pas de la nourriture normale (jambon beurre, pizza), ce qui fait que si on trouvait de la nourriture alien, on pouvait être sûrs que les dames du secrétariat étaient des aliens, elles aussi.

Benji a dit qu'on devait d'abord créer une DIVERSION, ce qui voulait dire qu'on devait trouver une idée pour faire sortir les dames du secrétariat si on voulait commencer à chercher. Alors je me

suis rappelé la fois où les CM2 avaient organisé une vente de gâteaux dans la salle du personnel. Je me suis souvenue que, à cause d'eux, j'avais dû attendre DES SIÈCLES avant que les dames du secrétariat ne reviennent avec leurs tas de gâteaux et leurs tasses de thé. Alors on a demandé à Benji d'aller frapper à la vitre du secrétariat et de dire que les CM2 organisaient une nouvelle vente de gâteaux dans la salle du personnel. Mais Benji n'a pas voulu, parce que c'était raconter un mensonge. Perrine lui a fait remarquer qu'il venait déjà de raconter un mensonge, en disant à la maîtresse qu'il avait besoin d'aller aux toilettes alors qu'il n'avait pas d'envie pressante. Benji a dit : « Ce n'est pas pareil, Mme Loterie, c'est une alien, pas une personne ! » Et il a expliqué que ce n'était pas grave de mentir à une alien.

Alors j'ai dit que si les dames du secrétariat étaient des aliens, ce n'était pas grave de leur mentir, à elles non plus. Et si elles n'en étaient pas, j'ai promis que Perrine demanderait à sa maman de leur offrir plein de gâteaux de la boulangerie, pour qu'on s'excuse d'avoir menti.

Alors Benji a dit d'accord, et il est allé frapper au guichet, et il a raconté aux dames du secrétariat que les CM2 vendaient des gâteaux. Et ça a marché ! Des tas de secrétaires sont sorties ! Avant ça, je ne m'étais jamais rendu compte qu'elles étaient aussi nombreuses. Il faut dire que c'est difficile de regarder dans leur bureau, parce que la vitre est un peu haute et, tout ce qu'on voit, c'est la dame qui vient nous parler, et parfois aussi ses narines quand elle passe la tête par l'ouverture.

Une fois qu'elles ont toutes fini par sortir, on en a profité pour grimper par le guichet et on s'est introduits dans le secrétariat. Perrine n'arrêtait

pas de dire : « Cette fois, ÇA Y EST, on ne peut plus reculer ! », et moi je la regardais en hochant la tête, parce qu'effectivement, c'était très sérieux. Puis Perrine a demandé à Benji s'il pouvait faire le guet, mais lui, il était déjà en train de fouiller dans les tiroirs à la recherche d'une PREUVE. Alors j'ai dit que je surveillais, et je suis montée sur la chaise du guichet pour m'assurer que personne ne venait. Et c'est là que j'ai lu le nom sur la feuille de présence.

Je parle de la feuille de présence que les dames du secrétariat nous font signer si on a le malheur d'arriver à l'école ne serait-ce qu'avec UNE SECONDE de retard. Elles nous la font même signer si on a dû s'arrêter pour aider une tortue qui s'est perdue et qui ne retrouve plus le chemin du parc où il y a sa mare. Alors qu'on l'aide simplement à ne pas

mourir au milieu du trottoir ! C'est exactement ce qui m'était arrivé une fois. Même que, quand j'ai reçu mon bulletin, Maman a vu que j'avais eu deux RETARDS, et elle a crié : « Tu peux m'expliquer CECI, Isabelle ? »

Alors je lui ai expliqué pour la tortue, mais je ne pouvais pas dire pour l'autre, parce que c'était la faute de Papa, et qu'il m'avait demandé de ne pas le dire à Maman. Alors j'ai expliqué que l'autre retard aussi, c'était à cause d'une tortue, et Maman m'a envoyée dans ma chambre.

Enfin bref, j'ai dit : « Regardez ! » et Perrine a dit : « CHUUUUT ! », et Benji a dit : « C'est elles ? C'est ELLES ? », et moi j'ai dit que non, et j'ai pris la feuille de présence pour leur montrer. Dessus, ça disait :

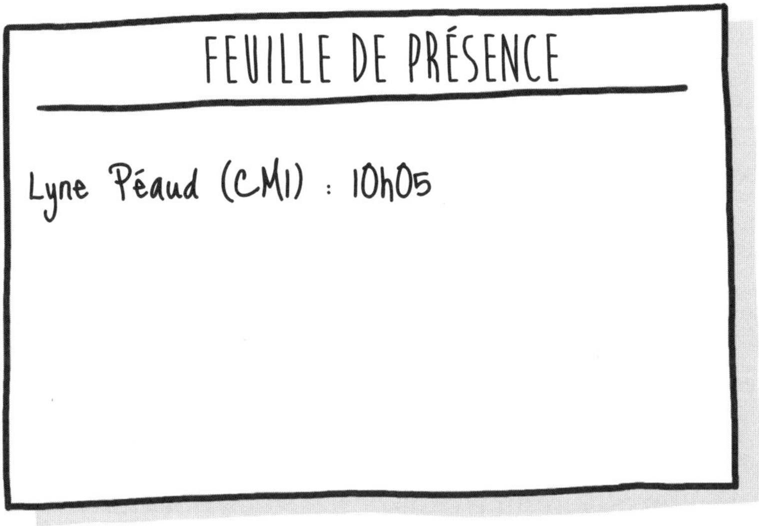

Benji a dit : « Mais on vient juste de quitter la classe, et elle n'était pas là ! Pourquoi est-ce qu'elle a signé la feuille sans aller en classe après ? » À ce moment-là, j'ai pensé à quelque chose d'horrible. J'ai dit : « Si ça se trouve, les dames du secrétariat l'ont attrapée ! » Perrine a écarquillé les yeux encore plus grands, et Benji a dit qu'il fallait la retrouver tout de suite, avant que les dames ne lui mettent un bébé alien dans l'oreille.

Alors j'ai entendu des chaussures faire *clap-clap* dans le couloir, et j'ai jeté un coup d'œil par le guichet, et j'ai vu que l'une des dames du secrétariat revenait. « On n'a plus le temps de s'enfuir ! » s'est écriée Perrine. « CACHEZ-VOUS ! » Et elle est allée se cacher derrière les rideaux. Moi et Benji, on ne voyait aucune autre cachette, mais on ne pouvait pas non plus tenir à trois derrière les rideaux. Alors on s'est serrés comme on a pu sous l'un des bureaux.

On n'a plus osé respirer quand la dame est entrée dans le secrétariat et a refermé la porte. On était pris au piège ! J'allais chuchoter à Benji qu'on avait besoin d'une nouvelle DIVERSION, mais la dame est venue s'installer pile à notre bureau ! On s'est serrés contre le mur au maximum pour éviter que la dame nous touche avec ses jambes. Puis, avec les pieds, elle a retiré ses bottines à talons, et l'une d'elles a tapé dans la tête de Benji, alors, vite, j'ai mis ma main sur sa bouche pour l'empêcher de dire « AÏE », et ça a marché.

Après ça, la dame du secrétariat a commencé à remuer les doigts de pied des tas de fois, et on

entendait en même temps qu'elle tapait au clavier. Je n'avais aucune idée de ce qui allait arriver si on se faisait prendre. Je me disais qu'elle nous enverrait peut-être chez le directeur. Mais je me suis rappelée que le directeur aussi avait dû être transformé en alien ! Alors peut-être qu'elle n'allait pas nous envoyer chez le directeur. Peut-être qu'elle allait nous manger tout crus, ou nous désintégrer en lançant des rayons lasers avec les yeux, ou encore nous mettre des bébés aliens dans l'oreille, comme c'était probablement arrivé à Lyne.

À ce moment-là, Benji a poussé un cri étouffé, et il a montré le pied qui se trouvait à côté de lui. J'ai alors vu une sorte d'orteil tout rose, tout écrasé, mais on ne savait pas trop si c'était un orteil. C'était comme un petit moignon avec un minuscule bout d'ongle qu'il aurait fallu examiner au microscope. Je ne sais pas trop si c'était LA PREUVE que la dame était une alien mais, dans tous les cas, je trouvais ça dégoûtant. La dame a continué à remuer les orteils, et Benji n'arrivait plus à s'empêcher de regarder.

Au bout d'un moment, ça a commencé à sentir les pieds sous le bureau, et le moignon rose bizarre de la dame touchait presque le genou de Benji. Et j'avais envie de tousser, et j'étais sûre qu'on allait se faire prendre, quand on a entendu quelqu'un sonner à l'accueil.

La dame du secrétariat a arrêté de remuer les orteils et a poussé un grognement. Puis elle s'est remise à taper au clavier pendant deux longues minutes, avant de commencer enfin à essayer de retrouver ses chaussures. Alors on les a avancées discrètement près de ses pieds pour qu'elle n'ait pas besoin de regarder sous le bureau, puis elle a poussé un autre grognement, et elle s'est levée.

On a attendu de voir ce qui allait se passer, et on a entendu une petite voix qui disait : « Venez vite, madame ! Quelqu'un est resté bloqué dans les toilettes des filles ! » Et on a reconnu la voix… C'était Lyne ! Elle essayait de nous sauver !

Alors la dame du secrétariat a dit : « Pas moyen d'être tranquille DEUX MINUTES dans cette école ! », et on a entendu ses talons hauts s'éloigner en faisant *clap clap* dans le couloir. Puis Lyne a chuchoté : « FAITES VITE ! Avant qu'elle revienne ! », et elle nous a dit de la rejoindre au Repaire.

Moi et Benji on est sortis de notre cachette, et Perrine de la sienne. Puis Benji a vu une porte, il a crié « PAR LÀ ! », et on ne savait pas sur quoi elle donnait, mais on entendait d'autres dames revenir, alors on a ouvert la porte, et on est sortis de la pièce, parce que tout valait mieux que de retourner sous le bureau renifler des doigts de pied d'alien.

Mais quand on a refermé la porte derrière nous, on est restés bouche bée. On venait de voir où on était entrés : dans le bureau de la directrice adjointe !

CHAPITRE 9

ON N'EST PAS CENSÉS ÊTRE LÀ !

Je n'en revenais pas. Il avait fallu qu'on entre dans le bureau de Mme Rivière, l'adulte la plus effrayante de l'école. On reconnaissait la pièce, moi et Perrine, parce que, l'an dernier, Perrine et sa maman étaient devenues végétariennes quand sa maman avait lu que toutes les stars l'étaient aussi, et que ça rendait les cheveux plus soyeux.

Du coup, à la cantine, quand la dame a demandé à Perrine ce qu'elle voulait, Perrine a répondu : « L'option végétarienne, s'il vous plaît ! » Alors la dame a dit que l'option végétarienne, c'était des brocolis (beurk), mais Perrine a dit qu'elle n'aimait pas, et que, ce qu'elle voulait, c'était un hamburger végétarien. Alors la dame a dit qu'il n'y en avait pas, et elle lui a mis une grosse part de brocolis dans l'assiette.

Du coup, Perrine a piqué une CP (Crise à la Perrine), et a hurlé que c'était une « ATTEINTE AUX DROITS DE L'HOMME » et que sa maman se plaindrait. Après ça, moi et Perrine on a fait un poster pour dénoncer les dames de la cantine qui atteignaient les droits de l'homme, et quand elles ont vu qu'on l'avait accroché dans la cantine, on a été envoyées dans le bureau de la directrice adjointe. Et c'est pour ça qu'on reconnaissait la pièce, moi et Perrine.

Par contre, Benji, lui, ne reconnaissait pas, parce que, contrairement à nous, il se tient bien à l'école et il a rarement des ennuis. Et quand ça arrive, il lui suffit juste de se mettre à pleurer, et on lui pardonne.

Enfin bref, quand je lui ai expliqué qu'on était dans le bureau de Mme Rivière, Benji s'est mis à paniquer, et il a crié : « Il faut partir d'ici tout de suite ! Venez ! On y va ! » Mais Perrine a dit que, puisqu'on y était, il fallait en profiter pour chercher des preuves avant de partir. Et elle a expliqué que si les dames du secrétariat travaillaient dans la pièce d'à côté, alors Mme Rivière avait de grandes chances d'être une alien, elle aussi !

Je ne voulais pas rester non plus, parce que Mme Rivière faisait déjà bien assez peur en tant qu'humaine ! Mais je n'ai rien osé dire, parce que j'ai vu comment Perrine NOUS REGARDAIT. C'était comme la fois où elle s'était mis en tête de gagner la course à trois pieds à la kermesse de l'école. On avait passé deux semaines à s'entraîner tous les midis et à chaque récré. Puis Lucie Bourse avait dit que c'était ELLE qui allait gagner la course, avec Pauline Barbarin, et Perrine avait dit qu'il était temps de passer « À LA VITESSE SUPÉRIEURE ». Résultat, j'avais dû passer tout le week-end chez elle, et on était restées attachées ensemble tout le temps (sauf pour les douches et les toilettes). Mais finalement, le jour de la kermesse, on avait gagné haut la main, et on nous a remis une coupe, et Lucie Bourse était furieuse, alors franchement, ça valait le coup.

Bref, on s'est donc mis à chercher des PREUVES dans le bureau de Mme Rivière. On a regardé dans les tiroirs, dans les placards, puis Benji a dit qu'il fallait verifier aussi les livres sur les étagères, parce que, une fois, il avait vu une émission où des gens riches avaient des livres sur des étagères, et certains livres étaient des faux, et derrière il y avait des coffres-forts où ils cachaient leurs bijoux et leurs documents secrets. Alors on s'est mis à regarder dans les livres, et Perrine a chuchoté : « J'AI TROUVÉ ! », et elle a tiré du sac de Mme Rivière une boîte en plastique qui contenait un petit poisson cuit. Benji a dit : « DE LA NOURRITURE ALIEN ! »

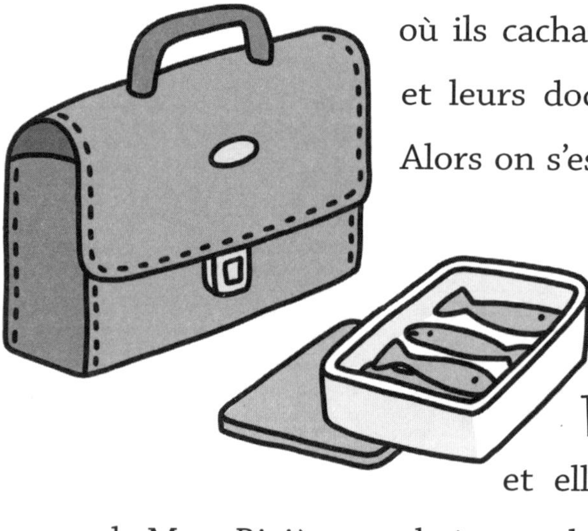

À ce moment-là, on a entendu un bruit de chasse d'eau ! Alors on a regardé autour de nous, et on vu qu'il y avait trois portes dans le bureau de Mme Rivière. Celle par où on était venus, et qui donnait sur le secrétariat, et deux autres. Puis j'ai compris et j'ai dit : « Elle a ses propres toilettes ! » et j'ai montré la porte d'où venait le bruit de chasse. Alors on a ouvert la troisième porte et on a couru sans s'arrêter jusqu'au Repaire.

CHAPITRE 10

SANS VOIX (DANS LE MAUVAIS SENS)

Quand on est arrivés au Repaire, Lyne était déjà là. Benji lui a fait un gros câlin et lui a dit : « On croyait qu'elles t'avaient attrapée ! », et j'ai dit : « T'étais où ? », et Perrine a inspecté ses oreilles.

Lyne a raconté que sa maman avait voulu l'emmener chez le docteur parce qu'elle avait l'air d'être « À L'ARTICLE DE LA MORT ». Mais la réceptionniste a répondu qu'il n'y avait plus de rendez-vous de libres aujourd'hui, et sa maman a dû l'emmener directement à l'hôpital. Là-bas, le docteur a dit que les oreilles de Lyne allaient très bien et que « parfois, les enfants vomissent sans raison apparente, comme les chats ».

Alors la maman de Lyne a dit : « Ma fille n'est PAS un chat ! » et elle a demandé à voir un autre docteur. Et quand un autre docteur est venu, il a vérifié aussi les oreilles de Lyne, il a pris sa température, et il a dit qu'elle allait bien, et sa maman l'a donc finalement déposée à l'école.

Ensuite Lyne a dit : « Je crois qu'on a un GROS souci », et elle a sorti quelque chose de son cartable, en ajoutant : « Quand je suis allée signer, les dames du secrétariat m'ont donné ça parce que j'ai été malade ». Puis elle a ouvert sa main, et on a vu que c'était un KIT KAT. « LA PREUVE PARFAITE », a dit Perrine, et on a tous compris ce qu'elle voulait dire. Que les dames du secrétariat ÉTAIENT des aliens comme on l'avait soupçonné, vu que en temps normal, elles auraient juste ignoré Lyne.

Puis la voix de Lyne est devenue toute bizarre, et j'ai eu du mal à comprendre ce qu'elle disait, parce que sa voix tremblait. Comme la fois où il y avait eu une réunion de classe, et que j'avais un énorme texte à lire. Tout le monde me regardait et un grand s'était mis à rire et, moi, j'avais les mains moites et la nausée, et quand j'essayais de lire, ma voix tremblait parce que j'avais une grosse envie de pleurer.

« Il y a autre chose », a fini par dire Lyne, et j'ai entendu Benji avaler

nerveusement sa salive. « La dame du secrétariat a tendu sa main à travers le guichet, et elle a essayé de me toucher la tête. Je suis sûre qu'elle voulait me mettre un bébé alien dans l'oreille ! Mais je ne lui en ai pas laissé le temps, et j'ai tout de suite pris la fuite ! »

Lyne a expliqué que, après ça, elle n'avait pas osé entrer en classe, parce qu'elle avait peur que Mme Loterie soit revenue et, du coup, elle avait préféré se cacher dans le Repaire. Pendant qu'elle était là-bas, elle nous a entendus courir vers le secrétariat, alors elle nous a suivis. À ce moment-là, Perrine a demandé : « Est-ce qu'il y avait vraiment quelqu'un de bloqué dans les toilettes ? », et Benji a dit : « Je parie que non. C'était une diversion, n'est-ce pas ? », et Lyne a répondu que oui, et on a tous dit à Lyne qu'elle était très courageuse et on l'a remerciée de nous avoir sauvés.

Ensuite, Perrine a dit à Lyne qu'entre-temps on avait été dans le bureau de la directrice adjointe, et qu'on avait trouvé un petit poisson cuit qui servait de nourriture aux aliens, et les yeux de Lyne se sont mis à loucher bizarrement. Alors Benji a dit qu'on ferait mieux de se poser quelques instants, de souffler un peu, et de prendre une tasse de thé froid, et de le boire cette fois-ci.
Parce que c'est ce que sa maman

et sa mamie font toujours pour se remettre d'une grosse frayeur. C'est ce qu'on a donc fait.

Après le thé, Perrine a dit qu'il fallait retourner en classe AU PLUS VITE, pour éviter que Mme Loterie et les autres aliens n'aient de soupçons. Et surtout, qu'il fallait « se comporter NORMALEMENT devant eux » tant qu'ils ne savaient pas qu'on savait. On a dit qu'on essaierait, et Lyne est devenue aussi pâle que Perrine quand elle s'était mis de la craie sur la figure.

Ensuite Perrine a demandé qu'on se tienne tous la main en cercle avant de partir, parce qu'on formait une équipe. Benji a proposé qu'on s'appelle :

L'ÉQUIPE
QUI VA S'OCCUPER
DES ALIENS

Mais Perrine a dit que c'était trop long. Alors j'ai proposé :

LES
MASSACREURS
D'ALIENS

Mais Lyne a dit que ça faisait peur et que c'était beaucoup trop violent. Alors on a décidé qu'on n'aurait pas de nom. Mais ce n'était pas grave, parce qu'on n'en avait pas besoin. On avait un plan.

Quand on est enfin retournés en classe, Mme Loterie n'a même pas remarqué qu'on avait mis du temps à revenir. Elle était occupée à chanter et à danser avec son nounours dans les bras. Nous, on a rejoint les autres comme si de rien n'était, mais je ne comprenais pas pourquoi on devait danser tous ensemble au milieu de la classe.

D'habitude, on danse avec Mme Porracchia, qui nous fait cours de salsa et qui sent le pâté en croûte. Là, avec Mme Loterie, j'essayais de me comporter normalement comme le voulait Perrine, mais ce n'était pas évident, parce que ce n'était absolument PAS NORMAL de danser en classe à 11h30 au lieu de faire de la grammaire.

J'allais dire à Benji qu'il valait mieux juste s'asseoir et regarder, quand Mme Loterie s'est mise à pousser des petits cris et à battre des mains. Puis elle a dit : « PIERRE ! Quels jolis pas de

danse que voilà ! » Et Pierre Durie a tourné sur lui-même, a fait un petit saut, m'a regardée dans les yeux, a fait un grand sourire, et a dit : « Vous êtes ravissante aujourd'hui, Mlle Isa. Accepteriez-vous cette danse ? » Et moi, je suis restée SANS VOIX.

Comme la fois où le directeur avait dit qu'il comptait sur nous pour faire de notre école une ÉCOLE VERTE (c'est-à-dire une école qui trie et recycle ses déchets et sauve la planète, mais moi et Perrine, on ne l'a su qu'après). Du coup, moi et Perrine, on a aidé au recyclage, puis on a récupéré de la peinture verte dans les affaires de Papa et on a repeint l'accueil, les toilettes, les marches et deux voitures dans le parking. Et quand le directeur avait vu ce qu'on a fait, il est resté SANS VOIX.

Maman m'a dit qu'on pouvait rester sans voix dans le BON sens du terme, ou dans le MAUVAIS sens, et Perrine pense que le directeur est resté sans voix dans le BON SENS, parce qu'on avait fait du très bon travail et que, grâce à nous, on allait certainement recevoir le prix de l'École Verte. Mais je pense que M. Letertre est resté sans voix dans le MAUVAIS SENS, parce que je l'ai vu pleurer un petit peu.

Enfin bref, ce qui est sûr, c'est que quand Pierre Durie m'a invitée à danser et m'a tendu sa main pleine de crottes de nez, je suis restée sans voix dans le très mauvais sens du terme. J'ai regardé Perrine, et j'ai vu qu'elle était aussi choquée que moi, et sa bouche était grande ouverte. Quelque chose n'allait pas. Pierre dansait et était poli, alors qu'il n'aimait même pas danser. À chaque fois que Mme Porracchia venait, il bougonnait et disait que danser, c'était pour les filles, et qu'il refusait de participer. Et puis il tirait la langue à Mme Porracchia, et il se faisait envoyer chez le directeur.

Alors on a compris ce qu'il se passait. Mme Loterie avait mis un bébé alien dans l'oreille de Pierre Durie !

CHAPITRE 11

TÊTE BAISSÉE, POUCES EN L'AIR

On s'est comportés parfaitement normalement le reste de la journée. Et on a bien fait attention de ne laisser PERSONNE approcher de trop près nos oreilles.

Perrine a dit qu'il fallait rester groupés, et surtout, se comporter

NORMALEMENT et GARDER LES YEUX GRANDS OUVERTS. Et c'est ce qu'on a fait.

Puis, dans l'après-midi, la maîtresse nous a dit que, si on voulait, on pouvait lire des bandes dessinées, parce qu'on avait tous bien dansé ce matin et qu'elle avait un peu sommeil. Mais moi, je n'ai pas lu. Je surveillais l'heure sur l'horloge, parce qu'à la fin des cours, on allait passer au Plan 2.

Il ne restait plus que dix minutes avant la sonnerie quand Mme Loterie a dit : « J'AI UNE IDÉE, les enfants, ça vous dirait une petite partie de TÊTE BAISSÉE POUCES EN L'AIR avant de partir ? » Et j'ai commencé à paniquer.

Au cas où vous ne connaissez pas le jeu, je vais vous l'expliquer. Tout le monde met d'abord sa tête sur la table, ferme les yeux, et lève les pouces. Puis la maîtresse fait venir quatre élèves au tableau, et quand plus personne ne regarde, ils circulent dans les rangs, et choisissent chacun un élève, à qui ils pressent les pouces. Puis ils retournent au tableau, et la maîtresse dit : « C'est bon ! », et on relève la tête et on rouvre les yeux. Puis la maîtresse dit : « Si on vous a pressé les pouces, LEVEZ-VOUS ! » Là, normalement, il y a quatre élèves qui se lèvent, parfois cinq, quand quelqu'un se lève pour de faux. Ceux qui se sont levés doivent alors deviner qui leur a pressé les pouces et, s'ils ont juste, ils échangent leur place avec les élèves au tableau.

C'est un jeu vraiment chouette, mais ça fait longtemps qu'on n'y a pas joué, parce que Mme Loterie ne veut JAMAIS. C'est même pour ça que j'ai paniqué, vu que c'était la première fois que Mme Loterie nous proposait de faire une partie. Mais si j'ai paniqué, c'est surtout, que, si on baissait la tête en fermant les yeux, la maîtresse pouvait s'approcher de nous sans qu'on le sache, et avoir libre accès à nos oreilles, et qu'on ne pourrait même pas les protéger avec nos doigts vu qu'on devait garder les pouces en l'air !

Et là, comme par hasard, Mme Loterie a dit qu'ELLE allait jouer aussi et qu'elle presserait nos pouces avec Pierre Durie ! Je ne savais plus quoi faire. J'ai regardé Benji, et j'ai vu qu'il écrivait un SMS d'adieu sous la table.

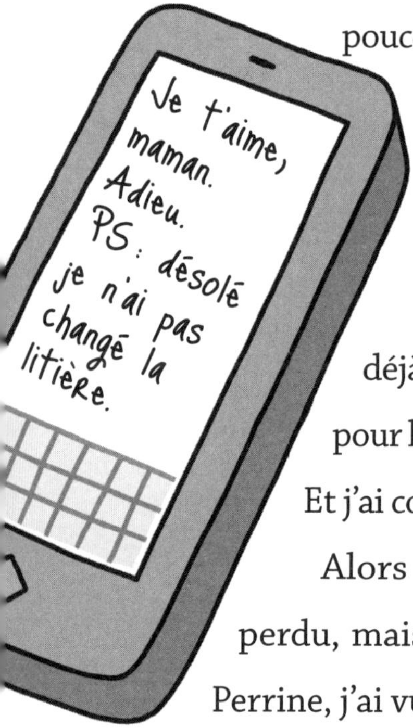

Puis j'ai regardé Lyne, et elle s'était déjà mise en position de jouer, sauf pour les pouces, qu'elle n'avait pas levés. Et j'ai compris qu'elle était évanouie.

Alors je me suis dit que tout était perdu, mais quand j'ai tourné la tête vers Perrine, j'ai vu SON REGARD. Je ne savais pas ce qu'elle allait faire, mais je savais qu'elle allait faire quelque chose, et ce quelque chose, ça a été la plus grosse CP de sa vie !

Elle s'est redressée d'un coup en faisant tomber sa chaise, et elle a crié « GO GO GO ! » comme dans les films pour qu'on se mette à COURIR, et c'est ce qu'on a fait. Perrine lançait des stylos et des cahiers dans tous les sens, et quand Pierre a essayé de se relever, elle lui a envoyé une règle sur le crâne. Pendant ce temps-là, moi et Benji on a attrapé Lyne chacun par une jambe et un bras, et on a filé aussi vite qu'on a pu, parce qu'on n'avait pas le choix, et Mme Loterie, elle, hurlait :

« VOUS ALLEZ OÙ ?
REVENEZ ICI TOUT DE SUITE ! »

On était presque arrivés à la porte quand je me suis rappelé le Plan 2. Le Plan 2, c'était de voler à Mme Loterie son nounours bizarre, pour comprendre ce qu'elle voulait en faire et l'en empêcher. Du coup, même si j'avais peur et qu'on était quasiment dans le couloir, je me suis retournée, et j'ai couru vers le bureau de la maîtresse pendant que Perrine criait :

« ISA ! NOOOOOOOOOON ! »

CHAPITRE 12
DÉCAPITATION

J'ai traversé la salle en courant si vite que j'ai failli tomber par terre. Mme Loterie courait vers moi et criait : « Qu'est-ce que tu fabriques ? REVIENS ICI TOUT DE SUITE ! » Tout le monde devait me regarder, bouche bée, mais je n'y pensais même plus. J'ai filé droit vers le bureau de la maîtresse, j'ai attrapé le nounours, et je suis repartie en courant.

Mais là, à l'intérieur du nounours, quelque chose a bougé ! Ça m'a fait un tel choc que j'ai failli lâcher la peluche. Heureusement, Perrine a crié :

« ISA ! COURS ! »

Et c'est donc ce que j'ai fait.

On a couru jusqu'aux toilettes des filles, mais Benji n'a pas voulu entrer. Il préférait aller au Repaire, mais c'était loin, et on avait peur de tomber sur Mme Rivière, parce qu'elle savait qu'on n'était pas du tout censés être dehors, et on aurait eu alors DE TRÈS GROS ENNUIS !

Du coup, on a pris Benji par le bras, et on l'a traîné dans les toilettes des filles avec nous, et on s'est enfermés tous les quatre dans l'une des cabines.

Une fois qu'on a repris notre souffle, j'ai dit : « Quelque chose cloche avec ce nounours. Il a bougé ! Quelque chose dans le nounours a bougé ! ». Alors Benji a poussé un cri, puis il a dit que je m'imaginais peut-être des choses, comme la fois où j'avais eu la grippe et où j'étais persuadée que son chat Carlos me parlait espagnol. Mais j'ai répondu : « IL A BOUGÉ, c'est sûr et certain ! », et tout le monde m'a cru, parce que j'avais dit ça avec une voix très sérieuse

et, d'abord, j'avais envie de pleurer parce qu'il y en avait marre.

Alors Perrine m'a demandé de respirer un peu, et elle m'a dit qu'elle allait me prendre le nounours des mains pour l'ausculter. Elle a donc pris le nounours tout doucement, et elle s'est mise à

L'EXAMINER sous toutes les coutures. Mais d'un coup, le nounours S'EST REMIS À BOUGER ! Aussitôt, Lyne a crié « Les bébés aliens ! LES BÉBÉS ALIENS ! »

On savait très bien ce qu'elle voulait dire. Que Mme Loterie gardait des bébés aliens dans son nounours, et c'est pour ça qu'elle l'avait tout le temps dans les bras ! Perrine ne disait plus rien, et elle n'osait plus bouger, parce qu'elle tenait encore le nounours. Au bout d'un moment, elle a chuchoté : « Les dames du secrétariat ont dit qu'il allait exploser. Si c'est le cas, il y aura des aliens partout ! » Puis Lyne a mis ses mains sur ses oreilles, et elle a crié d'une voix suraiguë : « Faites quelque chose ! VITE ! » Alors Benji a dit : « Il faut l'enterrer ! Comme ça, les aliens n'atterriront dans les oreilles de personne quand il explosera ! »

Et Perrine a dit qu'elle s'occupait de TRANSPORTER le nounours, puisqu'elle le tenait déjà et qu'elle allait faire très attention. Et puis j'ai dit qu'il fallait trouver une pelle

AU PLUS VITE.

Mais Lyne a dit : « Minute ! J'ai une meilleure idée ! » Elle n'avait plus l'air d'avoir peur, et elle a dit avec une voix très SÉRIEUSE : « Ce qu'on doit faire, c'est DÉCAPITER le nounours ! »

Je ne savais pas ce que DÉCAPITER voulait dire, et Benji m'a expliqué que Lyne voulait en fait couper la tête du nounours ! Et Lyne a ajouté que, si on voulait se débarrasser des aliens pour de bon, le seul moyen d'être sûrs, c'était de les jeter dans les toilettes, et de tirer la chasse pour les voir mourir « DE NOS PROPRES YEUX ». On a tous été d'accord, surtout quand elle a expliqué que, si on les enterrait

juste, rien ne les empêcherait de ressortir en creusant pour venir nous chercher.

On s'apprêtait donc à décapiter le nounours quand Perrine a dit : « À votre avis, ils ressemblent à quoi ? » Et j'ai dit que, d'après moi, c'était des sortes de petits pois verts avec des petites jambes et des petits bras tous visqueux, et qu'il y en aurait des millions, vu que Mme Loterie préparait **UNE INVASION EXTRATERRESTRE**. Et Benji a dit alors qu'il avait un peu envie de vomir, et on lui a dit d'aller dans les toilettes d'à

côté pendant que, nous, on décapitait.

Du coup, j'ai pris le nounours,

et Perrine a tiré sur la tête de toutes ses forces pendant que je tenais le corps. Mais ça ne se détachait pas ! Alors Lyne a tiré dessus aussi, mais non, ça ne se détachait toujours pas ! Finalement, j'ai proposé qu'on aille chercher les Grands Ciseaux dans la classe, et là, on a entendu un gros bruit dans la cabine d'à côté, et les pieds de Benji sont apparus dans la nôtre. Perrine a dit : « Dis donc, tu t'amuses bien ? », puis on a compris qu'il s'était évanoui.

C'était la première fois que ça lui arrivait, mais ce n'était pas grave, parce que Lyne savait exactement ce qu'il fallait faire dans

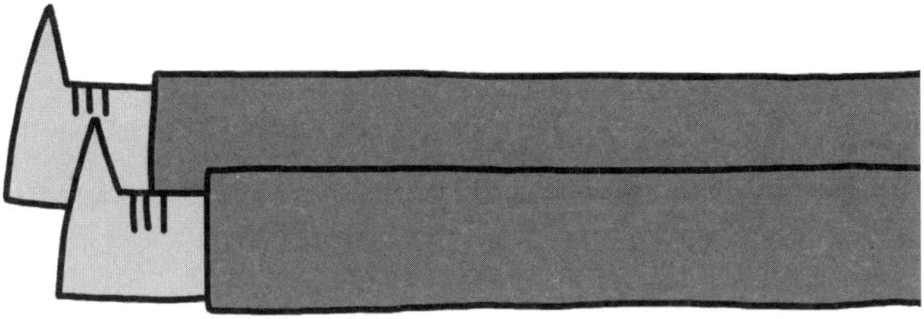

ces moments-là. Elle lui a donné de l'eau du robinet, et elle l'a mis en Position Latérale de Sécurité le temps qu'il aille mieux.

Ça m'étonnait vraiment de voir Benji s'évanouir comme ça, parce que, d'habitude, c'est plutôt à Lyne que ça arrivait quand elle paniquait un peu trop. En plus, Benji avait dit que tuer les aliens ne lui faisait pas peur. Et Perrine a dû penser la même chose que moi, parce que, quand il a rouvert les yeux, elle a demandé : « Tu ne nous avais pas dit que tuer les aliens, ça ne te faisait pas peur ? » Alors Benji a expliqué que ce n'était pas à cause des aliens qu'il s'était évanoui, mais parce que j'avais dit que les aliens ressemblaient à des petits pois. Et à ce mo-

ment-là, je me suis rappelé sa PHOBIE DES PETITS POIS.

Du coup, j'ai essayé d'expliquer que, en fait, les aliens ne ressemblaient pas à des petits pois, mais plutôt à de grands haricots verts, mais ça n'a pas eu l'air d'aider, et j'ai préféré arrêter.

Après ça, on a caché le nounours derrière les toilettes pour que personne ne le trouve, on a attendu que la cloche sonne, et encore deux minutes, puis Perrine a dit : « La voie est libre ! » et on a couru le long du couloir pour aller chercher les Grands Ciseaux dans la classe. Et c'est là qu'on est tombés nez à nez avec Mme Arnaud, qui fait cours aux CP.

« ENFIN VOUS VOILÀ ! », elle a crié. « QUELLE MOUCHE VOUS A PIQUÉS de sortir de classe comme ça ? On vous cherchait partout ! Venez avec moi ! » J'allais inventer une histoire pour expliquer que, pour l'instant, on ne pouvait pas venir avec elle, mais j'ai vu quelque chose qui dépassait de son sac. Je n'en croyais pas mes yeux. C'était un deuxième NOUNOURS ! Qui ressemblait EXACTEMENT à celui de Mme Loterie !

Les autres l'avaient vu aussi, et je n'ai même pas eu le temps de comprendre ce qu'il se passait que Perrine a attrapé le nounours et a crié :

MISSION ANNULÉE ! MISSION ANNULÉE !

(Ce qui voulait dire laisser tomber l'histoire des Grands Ciseaux, et prendre la fuite IMMÉDIATEMENT !). Alors on a détalé le long du couloir tandis que derrière nous, Mme Arnaud criait : « REVENEZ ICI TOUT DE SUITE ! »

Mais on n'a pas obéi.

CHAPITRE 13
L'INCIDENT

On n'a arrêté de courir qu'une fois arrivés à l'autre bout de l'école. Et c'est parce que, après, on ne savait plus où aller. Et parce que Benji n'en pouvait plus à cause de son point de côté.

Lyne tremblait COMME UNE FEUILLE et elle faisait « Hou ! Hou ! » avec la bouche comme un hibou.

Je n'en revenais pas ! Il y avait DEUX NOUNOURS ! À ce moment-là, Perrine a dit « CACHEZ-VOUS ! Quelqu'un arrive ! », et on a couru vers la salle du personnel, parce que c'était la seule cachette qu'on voyait. Et c'est là qu'a eu lieu L'INCIDENT.

On s'est figés sur place aussitôt qu'on est entrés. Le directeur était là, et les dames du secrétariat aussi. Elles étaient toutes en train de CRIER avec des voix suraiguës, et elles tenaient DES TAS D'AUTRES NOUNOURS qu'elles agitaient à bout de bras ! Puis l'une d'elles a jeté le sien EN PLEIN sur le directeur, et nous, on n'y comprenait plus rien, mais clairement, ça ressemblait à un INCIDENT impliquant des ALIENS !

Tout le monde était tellement occupé à crier que, au début, personne n'a vu qu'on était là. Mais après quelques secondes, ils se sont arrêtés de crier, et ils nous ont regardés D'UN AIR ÉTONNÉ. Ils ne s'attendaient visiblement pas à ce qu'on les surprenne à se disputer entre aliens. Et là, le pire est arrivé. Le directeur a SOURI. Et les dames du secrétariat aussi ! Puis le directeur a dit : « Euh… si vous voulez, je vous offre un nounours », et il s'est avancé vers nous en nous en tendant un !

À ce moment-là, Perrine a crié : « MORT AUX ALIENS ! », puis elle a jeté au milieu de la pièce le nounours qu'on avait pris à Mme Arnaud et elle a hurlé :

« BOUCHEZ-VOUS LES OREILLES ! ÇA VA EXPLOSER ! »

Et on a pris la fuite en hurlant et on a couru sans se retourner.

CHAPITRE 14
LE POLICIER À TÊTE DE LUNE

Comme je vous l'ai expliqué au début de l'histoire, Maman ne nous a pas crus, moi et Benji quand on lui a raconté que Mme Loterie était une alien et qu'on avait été témoins d'un INCIDENT et que le directeur et les dames du secrétariat avaient voulu nous transformer en aliens et que, heureusement Perrine nous avait sauvés. Je vous ai expliqué aussi que la maman de Benji ne nous avait pas crus non plus, et que Maman m'avait dit d'aller dans ma chambre et de faire mes devoirs, même si je ne pouvais pas les faire, parce que j'avais oublié mon cartable en m'enfuyant de l'école. Du coup, je m'étais faufilée dans la chambre de Maman pour téléphoner à Benji sur son nouveau portable, et c'est MME LOTERIE QUI AVAIT RÉPONDU, en disant : « BENJI ? BENJAMIN FRAPREAU ? C'EST TOI ? », et j'avais eu si peur que j'avais raccroché brusquement, pour appeler ensuite le 17, le numéro de la police.

À l'autre bout de la ligne, ils ont écouté tout ce que j'avais à dire, à propos de la maîtresse, de son nounours, des bébés aliens, des Grands Ciseaux, de L'INVASION EXTRATERRESTRE et de l'incident dans la salle du personnel où tout le monde criait et agitait des nounours pleins de bébés aliens. Alors la dame de la police m'a dit de respirer un peu, et qu'ils allaient envoyer tout de suite une BRIGADE ANTI-ALIEN à l'école, et qu'un policier allait venir chez nous.

Maman n'a pas été contente DU TOUT quand le policier est arrivé. Du coup, je lui ai expliqué que ce n'était pas à cause d'elle qu'il était venu, mais pour moi, et je lui ai parlé de la BRIGADE ANTI-ALIEN. Résultat, elle s'est énervée encore plus, et elle m'a dit de m'asseoir sur le canapé, et surtout de me tenir TRANQUILLE.

Le policier (qui avait une tête en forme de lune) s'est approché de moi, et j'ai raconté de nouveau tout ce qu'il s'était passé. Il m'a écoutée, et quand j'ai eu fini, il m'a dit qu'il n'y avait eu AUCUN INCIDENT à l'école en rapport avec

des ALIENS, et que la BRIGADE ANTI-ALIEN avait vérifié deux fois. Puis il a dit qu'il avait discuté avec le directeur, et que l'école était GARANTIE SANS ALIEN. Puis il est parti.

Après ça, Maman m'a dit de filer dans ma chambre, et elle a dit aussi que jamais au grand jamais je ne devrais utiliser à nouveau le téléphone SANS PERMISSION. Alors je lui ai demandé comment je ferais si elle et Papa s'évanouissaient simultanément (ça veut dire « en même temps »), et si je n'avais pas le droit d'utiliser le téléphone pour appeler l'ambulance ou Benji. Alors Maman et Papa ont dit : « BONNE NUIT, ISABELLE » (simultanément).

Je suis donc montée me coucher, mais je n'arrivais pas du tout à dormir, parce que je n'arrêtais pas de repenser à ce que le policier à tête de lune avait dit, comme quoi l'école était GARANTIE SANS ALIEN. Pour moi, ça n'avait aucun sens.

CHAPITRE 15

C'EST MAUVAIS SIGNE QUAND VOTRE MAÎTRESSE VOUS REND VISITE

Le lendemain matin, Maman m'a dit que Mme Loterie avait téléphoné et qu'elle allait passer chez nous déposer mon cartable, et en profiter aussi pour FAIRE LE POINT sur tout ce qu'il s'était passé hier.

Ça ne m'emballait PAS TROP DE FAIRE LE POINT avec Mme Loterie (surtout un samedi !), parce qu'en général, quand une maîtresse veut FAIRE LE POINT avec une maman, c'est parce qu'on a fait une grosse bêtise.

Comme la fois où le directeur nous a dit, à moi et Perrine, qu'il fallait qu'on arrête de vendre à l'école le parfum qu'on avait fabriqué, sous prétexte que Chloé Hemeury avait eu des brûlures aux bras. J'avais alors expliqué que ce n'était pas notre faute et que Chloé Hemeury avait juste la peau un peu sensible, mais le directeur a répondu que Chloé Hemeury avait été BRÛLÉE AU DEUXIÈME DEGRÉ, et après ça, Maman est venue, il a FAIT LE POINT avec elle, et elle nous a confisqué tout le matériel de création de parfum.

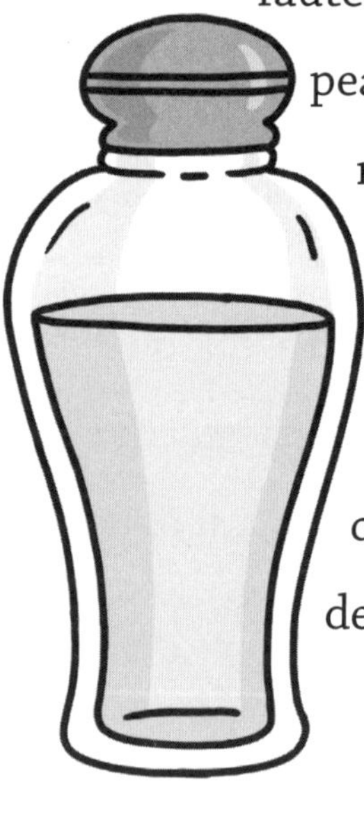

Enfin bref, quand Mme Loterie est venue, Maman m'a dit de monter dans ma chambre. J'ai préféré rester en haut des escaliers pour écouter, mais je n'ai pas entendu grand-chose, à part :

« UN ACHETÉ, DEUX GRATUITS »

et

« ERREUR GRAVE ».

Et quand Mme Loterie est partie, Maman m'a appelée pour que je descende, du coup j'ai filé discrètement dans ma chambre, j'ai crié : « J'ARRIVE ! », et je suis descendue en courant.

Maman m'a expliqué que le directeur avait voulu remercier les enseignants de l'école, qui avaient tous travaillé très dur cette année, et qu'il avait acheté des nounours pour les leur offrir.

Par contre, il avait oublié les dames du secrétariat, et c'était une ERREUR GRAVE. Apparemment, les dames du secrétariat l'avaient mal pris, parce qu'elles aussi travaillaient dur et elles n'appréciaient pas vraiment d'être exclues.

Maman a dit ensuite que le directeur a fini par se rendre compte de ce qu'il avait fait, et que, du coup, il a acheté des nounours pour les dames du secrétariat, mais c'était des nounours de mauvaise qualité et pas chers du tout contrairement à ceux des enseignants, et les dames du secrétariat se sont encore plus vexées ! Et c'est pour ça que tout le monde criait quand on est entrés dans la salle du personnel.

Maman a expliqué qu'ils ne s'attendaient sans doute pas à ce que des élèves les voient en train de se disputer, et que, s'ils avaient souri comme ça, c'est parce qu'ils étaient gênés. Puis Maman a ajouté : « Pauvre M. Letertre », et elle a gloussé un peu.

Mais j'ai dit que ça n'expliquait rien du tout, par exemple pourquoi Pierre Durie avait essayé de danser avec moi avec ses doigts pleins de crottes de nez. Et pourquoi les dames du secrétariat avaient dit que les oreilles du directeur SIFFLAIENT, et que :

Et pour finir, j'ai dit que, à mon avis, je ne pensais pas que M. Régent, qui enseigne aux CM2, appréciait **BEAUCOUP** qu'on lui offre un nounours rose avec « Tu es extra ! » marqué dessus.

Alors Maman m'a dit qu'avoir les oreilles qui sifflent, c'est une expression qu'on utilise quand des gens disent des choses sur nous et qu'on n'est pas au courant. Et les dames du secrétariat avaient eu justement beaucoup de choses à dire sur le directeur qui ne leur avait pas offert de nounours. Et pour l'explosion, apparemment elles parlaient **MÉTAPHORIQUEMENT**, c'est-à-dire qu'en fait, elles ne pensaient pas que le nounours allait vraiment exploser, elles voulaient juste dire qu'elles étaient fâchées, et donc que la **SITUATION** allait exploser (c'est-à-dire que tout le monde allait se mettre en colère et crier). Et d'après Maman, le directeur n'a pas dû faire le même cadeau à M. Régent, et j'espère qu'elle a raison, et que c'était un vélo, parce que M. Régent adore pédaler.

Ensuite, Maman a dit que, à l'avenir, il fallait se montrer plus gentils avec Mme Loterie, pour s'excuser de la frayeur qu'on lui avait causée. Et que ça ne se faisait pas de sortir de la classe en courant et de provoquer des soucis comme ça.

Et pour finir, Maman a dit que, si Pierre Durie m'avait proposé de danser, c'était peut-être parce qu'il M'AIMAIT bien ! BEURK !

CHAPITRE 16
QUELQUE CHOSE NE VA PAS

Lundi, on est tous allés voir Mme Loterie avant la classe pour nous excuser et lui donner un paquet de Bounty que Maman m'a fait apporter (même si, à mon avis, Mme Loterie aurait préféré des sachets de soupe instantanée).

On s'est donc excusés auprès de Mme Loterie d'avoir failli décapiter son nounours et de nous être enfuis de la classe et aussi de l'avoir prise pour UNE ALIEN voulant ENVAHIR l'école.

En entendant ça, Mme Loterie a éclaté de rire, et elle a dit : « Je sais, ta maman m'a raconté tout ça samedi, les bébés aliens, l'invasion extra-terrestre... ». Puis elle a ri de plus belle, elle ne voulait plus s'arrêter !

Quand elle a fini, elle nous a regardés, et elle nous a demandé : « Qu'est-ce qui a bien pu vous passer par la tête, pour vous imaginer que j'étais une alien ? » Alors on lui a expliqué qu'on avait trouvé très bizarre que, du jour au lendemain, elle se mette à être gentille avec nous, à nous sourire, à nous donner des bonbons, et même qu'on fasse des activités amusantes, sans oublier ce nounours extrêmement louche qu'elle avait assis sur son bureau.

Mme Loterie a écouté, elle a eu l'air un peu triste, et elle a dit : « Oh, je vois... » Alors Perrine m'a donné un petit coup de coude, et j'ai donné le paquet de Bounty à Mme Loterie. En voyant ça, Mme Loterie s'est mise à pleurer, mais elle n'était plus triste. Elle pleurait de joie.

Perrine pense que c'est parce que la maîtresse devait BEAUCOUP aimer les Bounty. Mais je pense plutôt que c'est parce qu'on devait être les premiers élèves de sa vie à lui offrir un cadeau.

J'allais demander si je pouvais avoir un Bounty quand j'ai repensé à quelque chose. Il manquait une dernière explication. Comment se faisait-il que le nounours avait bougé ? Ce n'était pas un simple

nounours, s'il avait bougé ! Il y avait quelque chose à l'intérieur, c'était sûr, comme C'ÉTAIT SÛR qu'il avait bougé !

Alors j'ai dit qu'on devait ressortir, pour aller ranger nos manteaux dans les casiers avant le début du cours. MAIS JE L'AI DIT AVEC MA VOIX DE QUAND JE FAIS SEMBLANT QUE TOUT VA BIEN, MAIS EN FAIT PAS DU TOUT ! Et Perrine a tout de suite compris, et elle a regardé Benji pour lui faire comprendre, et j'ai tiré Lyne par la capuche, et on est sortis de la classe tous les quatre.

À ce moment-là, la maîtresse a demandé :

« Isa, tu peux me

dire OÙ tu as caché mon nounours ? », et Benji a commencé à répondre et j'ai crié : « NULLE PART ! », et Perrine a crié : « ON COURT ! », et c'est ce qu'on a fait. Une fois de plus !

On s'est rués vers les toilettes des filles, et on s'est tassés dans la cabine du fond, et Benji n'a même pas protesté, cette fois. Il disait juste « Quoi ? QUOI ? ». Alors je leur ai fait remarquer que rien de ce qu'on nous avait dit N'EXPLIQUAIT POURQUOI le nounours avait BOUGÉ ! Et Perrine a crié : « On nous a donc menti ! », et j'ai expliqué que, finalement, les adultes étaient BIEN des aliens, et qu'on avait raison depuis le début, et que l'histoire entre le directeur et les dames du secrétariat, c'était un mensonge qu'ils avaient inventé juste pour ne pas se faire prendre !

Puis Perrine a proposé qu'on emmène le nounours à la police, parce que c'était une preuve, mais j'ai dit qu'ils ne nous croiraient pas, et qu'on n'avait pas le temps, et que le mieux, c'était de décapiter le nounours « UNE BONNE FOIS POUR TOUTES » et de noyer les bébés aliens en tirant la chasse d'eau.

Mais, à ce moment-là, quelqu'un a frappé à notre cabine, et la porte s'est ouverte, parce qu'on avait oublié de fermer le loquet. Et on s'est retrouvé face à Mme Loterie !

CHAPITRE 17
TOUT EST FINI !

On était pris au piège. J'étais debout sur la cuvette avec le nounours dans les bras, Perrine et Lyne étaient toutes tassées contre moi, et Benji essayait de se glisser dans la cabine d'à côté en passant sous la cloison.

La maîtresse se tenait là, devant nous, à nous regarder, et je me suis dit que, pour elle, on était juste de la **PÂTÉE POUR ALIEN**. Mais ça n'allait pas se passer comme ça, alors j'ai pris mon courage à deux mains, et j'ai dit : « Fini de jouer, Mme Loterie ! Nous savons qui vous êtes **VRAIMENT** ! Et nous savons ce qu'il y a dans le nounours ! »

Les yeux de la maîtresse sont devenus tout grands, puis elle a eu un petit sourire en coin, et elle a montré le nounours en disant : « Tiens-le bien, s'il te plaît. » Moi, évidemment, je le tenais fort de toute façon, vu que je ne voulais pas qu'elle le reprenne. Et là, elle a attrapé la tête du nounours, et l'a arrachée d'un coup sec ! Puis elle a mis sa main dans le cou du nounours et, quand elle l'a retirée, on a vu qu'elle tenait quelque chose. Figurez-vous que ce n'était pas des bébés aliens ! C'était un petit cœur en plastique !

Puis la maîtresse a ouvert la main en grand, et elle m'a demandé d'appuyer sur le cœur. C'est ce que j'ai fait et, aussitôt, le cœur s'est mis à battre ! La maîtresse nous a ensuite regardés, et elle a éclaté de rire.

Au bout d'un moment, Benji a demandé : « C'est quoi, ça ? », et il a montré quelque chose qui dépassait du ruban autour du cou du nounours. Du coup, j'ai regardé, et j'ai vu que c'était un bout de papier plié en deux. Étonnée, la maîtresse a pris le papier, elle l'a déplié, l'a regardé et, sans prévenir, elle s'est évanouie !

Quand la maîtresse s'est réveillée, elle a été bien contente de voir qu'elle n'avait rien grâce à Lyne qui l'avait tout de suite mise en Position Latérale de Sécurité, mais ce qui la rendait surtout contente, c'était ce que le bout de papier disait.

Mme Loterie nous a expliqué que c'était en fait un message, et que ce message était en fait une DEMANDE EN MARIAGE, que son nouveau petit-ami avait dû glisser dans le ruban du nounours quand il le lui avait donné en cadeau, vu qu'ils étaient AMOUREUX l'un de l'autre, et qu'elle allait se marier. Et on a tous compris ce que ça voulait dire.

En fait, elle allait se marier avec le directeur, parce que c'est LUI qui lui avait offert le nounours et la DEMANDE. Mais on a préféré ne rien dire, parce qu'on trouvait ça un peu dégoûtant, et qu'on voulait éviter d'y penser, même si, effectivement, ça expliquait pourquoi elle était devenue si gentille avec nous dernièrement. Du coup, on lui a juste dit : « Félicitations », sauf Benji, qui lui a demandé si elle voulait bien qu'il soit son témoin le jour du mariage, et la maîtresse a dit qu'elle y réfléchirait.

☆

Tout est redevenu normal après ça. La maîtresse n'était pas une alien. Il n'y avait pas de nounours explosifs, pas de bébés aliens, et absolument aucune INVASION EXTRATERRESTRE en préparation.

Et donc, exactement comme avant que tout ça n'arrive, Mme Loterie nous a fait nous asseoir en silence et on a travaillé jusqu'au déjeuner.

Mais l'après-midi, quand on est tous retournés en classe, ça ne sentait pas la soupe instantanée, mais le chocolat chaud ! Et la salle de classe avait TELLEMENT CHANGÉ qu'on ne la reconnaissait plus du tout !

Les tables et les chaises étaient toutes empilées au fond de la classe et, au milieu de la salle, il y avait un **ÉNORME VAISSEAU SPATIAL** fait avec des boîtes en carton ! Et la maîtresse était déguisée en alien !

Elle avait le visage peint en vert, et une robe en aluminium.

« SALUTATIONS, JEUNES TERRIENS ! », elle a dit, avec une drôle de voix bizarre.

On est rentrés dans la salle tout excités, et la maîtresse nous a dit de mettre les déguisements qu'elle avait préparés pour nous. On n'en revenait pas ! Alors Mme Loterie m’a souri, et elle m’a tendu un petit chapeau en aluminium.

J’ai passé l'un des MEILLEURS après-midis de ma vie ! On a appris des tas de choses, par exemple que OVNI, ça veut dire OBJET VOLANT NON IDENTIFIÉ ! Et que des gens croient que les aliens ont débarqué sur Terre en 1947, dans un endroit appelé Roswell, en Amérique.

À un moment, Lyne s’est tournée vers moi en faisant une tête bizarre. J’ai cru qu’elle avait envie de vomir, parce qu’elle avait déjà bu quatre des milk-shakes que la maîtresse avait servis. Mais elle a dit : « Quand même, la maîtresse, elle s’y connaît DRÔLEMENT en aliens, non ? »

Alors on a regardé Mme Loterie, qui nous a vus, et qui nous a fait un clin d’œil. Et, ça n’a pas manqué, Lyne s’est évanouie !

FIN

LES PROCHAINES PUBLICATIONS DE POULPE FICTIONS !

NOS AMIES LES SALES BÊTES :
UNE SÉRIE QUI EN DIT LONG
SUR LE MAUVAIS POIL
DES ANIMAUX.

TARZAN, PONEY MÉCHANT

par Cécile Alix

Illustré par Louis Thomas

Un roman choc et franc du collier
qui dévoile les pensées secrètes et
inavouables d'un poney grognon.

#HUMOUR #impertinence #pourquoiest-ilsiméchant?

LES PROCHAINES PUBLICATIONS DE POULPE FICTIONS !

TEAM AVENTURE :
UNE SÉRIE D'AVENTURES
PALPITANTES, ÉCOLOGIQUES
ET INITIATIQUES.

LES LICORNES (DE MER) EXISTENT !

par Ismaël Khelifa

Illustré par Joëlle Passeron

Fatou, Rémi, Vicky et Yanis étaient 4 ados (presque) normaux, quand ils sont choisis par la Fondation pour la Terre pour une mission écologique en Arctique. Les voilà catapultés au bout du monde, et promus reporters auprès de leurs classes. Le pire est à prévoir...

#AventurierduXXIème #leslicornesexistent! #écologie

LES PROCHAINES PUBLICATIONS DE POULPE FICTIONS !

ALLÔ, SORCIÈRES :
UNE SÉRIE ÉNERGIQUE ET CONNECTÉE, AUTOUR D'UNE BANDE DE FILLES QUI DÉCOIFFENT.

VISER LA LUNE

par Anne-Fleur Multon

Illustré par Diglee

De la rencontre d'Aliénor, Itaï, Azza et Maria est née une chaîne Youtube et la volonté de ne pas se laisser faire, surtout quand Itaï se voit écartée d'un championnat d'e-sport prétendument masculin.

#Girlpower #Ducôtéfilledelaforce #humour

LES PROCHAINES PUBLICATIONS DE POULPE FICTIONS !

POULES, RENARDS, VIPÈRES : UNE TRILOGIE D'AVENTURES ÉPIQUES À HAUTEUR D'ANIMAUX.

ALBIN

par Paul Ivoire

Illustré par Miss Paty

Sur une île lointaine, habitent trois peuples ennemis, les poules, les renards et les vipères, chacun dans son territoire. Quand la guerre menace, un poussin nommé Albin se retrouve mêlé au conflit, aux côtés de Zora, la renarde et Célis le vipéreau.

#Aventure #guerredeclans

POULPE FICTIONS EST CONNECTÉ !

Suivez-nous sur :

www.poulpe-fictions.fr

Facebook (Editions Poulpe fictions)

Et Youtube !

Imprimé en Espagne, chez Egedsa.